共和国青海记忆丛书

# 心爱的柴达木

xinaide chaidamu

李季　著　李江夏　选编

青海人民出版社

**图书在版编目（CIP）数据**

心爱的柴达木 / 李季著 ； 李江夏选编 . -- 西宁：青海人民出版社，2022.10
（共和国青海记忆丛书）
ISBN 978-7-225-06389-8

Ⅰ．①心… Ⅱ．①李… ②李… Ⅲ．①诗集－中国－当代②散文集－中国－当代 Ⅳ．① I217.2

中国版本图书馆 CIP 数据核字（2022）第 148425 号

共和国青海记忆丛书
**心爱的柴达木**
李　季　著
李江夏　选编

---

出 版 人　樊原成
出版发行　青海人民出版社有限责任公司
　　　　　西宁市五四西路 71 号　邮政编码：810023　电话：（0971）6143426（总编室）
发行热线　（0971）6143516/6137730
网　　址　http://www.qhrmcbs.com
印　　刷　西宁东宝印务有限责任公司
经　　销　新华书店
开　　本　890mm × 1240mm　1/32
印　　张　7
字　　数　150 千
版　　次　2022 年 10 月第 1 版　2022 年 10 月第 1 次印刷
书　　号　ISBN 978-7-225-06389-8
定　　价　35.00 元

# 目　录

MULU


柴达木小唱◇ 1

将　军◇ 3

黑眼睛◇ 6

最高的奖赏◇ 8

我们的油矿◇ 10

柴达木一青年◇ 12

我想念◇ 17

致柴达木的少男少女们◇ 18

车过乌鞘岭◇ 20

一听说冷湖喷了油◇ 22

车过冷湖◇ 25

致北京◇ 27

正是杏花二月天◇ 29
向昆仑◇ 31
师徒夜话◇ 64
红头巾◇ 67
登昆仑◇ 69
柴达木◇ 72
油砂山◇ 73
写给阿拉尔革命烈士墓的话◇ 76
石油河◇ 79
在那美丽如画的尕斯湖边◇ 81
我问昆仑山◇ 83
千军万马闹昆仑◇ 85
我站在祁连山顶◇ 87
向西去！◇ 89
石油诗◇ 90
白　杨◇ 92
旗◇ 94
厂　长◇ 96
在我们居住的地方◇ 98
二进柴达木◇ 100

东西南北任我闯（歌词）◇ 103

天上边有云（歌词）◇ 105

昆仑山狂想曲◇ 106

油砂山和昆仑山◇ 112

昆仑山放歌◇ 114

石油万里从军行◇ 116

幸福的钥匙◇ 134

戈壁旅伴◇ 165

五级采油工◇ 187

脊梁吟◇ 204

# 柴达木小唱

辽阔的戈壁望不到边，
云彩里悬挂着昆仑山。
镶着银边的尕斯湖呵，
湖水中映照着宝蓝的天。

　　这样美妙的地方哪里有呵，
　　我们的柴达木就像画一般。

黄河长江发源在昆仑，
柴达木井架密如林。
油苗遍地似春草，
风吹油味遍地香喷喷。

这样富饶的地方哪里有呵，
我们的柴达木是个聚宝盆。

工业化的祖国要血液，
无数的飞机汽车要食粮；
愿把青春献给祖国的年轻人呵，
柴达木正是大显身手的好战场。

这样理想的地方哪里有呵，
柴达木是我们光荣的家乡。

1954 年冬

# 将　军

## 一

那时候白天比黑夜还黑，
那时候天上笼罩着乌云。
人们的眼睛都望着东方，
从东方来了一位骑马的将军。

将军站立在戈壁滩上，
紧紧地咬着他的嘴唇。
为了拯救宝贵的油矿，
铁骑兵箭也似的向前飞奔。

那时候连山峰也伸展了腰身，
石油像春泉似的直往上喷。

兄弟们砸断了最后一副手铐，
钻工们从地穴里出来迎接亲人。

将军不再紧闭他的嘴唇，
他以祖国的名义来把人们慰问。
他说油矿是祖国的宝贝，
祖国将永远感谢开发油矿的人。

## 二

那一天野兽扑向祖国的大门，
那一天怒火烧烤着每个人的心。
将军离别了亲爱的祖国，
他带着海一样的爱情和仇恨。



在那围歼野兽的夜晚，
在那庆祝胜利的早晨，
在坑道里和在军事地图前，
将军总是惦记着那些戴铝盔的人。

将军怀念着亲爱的油矿，
石油工人们又哪能忘记将军。
那一天志愿军代表来到了矿上，
工人们给将军带去一件慰问品。

一只满装着汽油的玻璃瓶子，
瓶子里也装着石油工人的心：
“志愿军需要多少石油我们就送去多少，
祖国的油矿，永远取用不尽！”

1953 年秋

# 黑眼睛

不论是在图书馆里，
或者是在蒸馏塔旁，
总有一对又黑又大的眼睛，
悄悄地对我张望。



每逢我们超额完成了计划，
那双眼睛就显得分外明亮；
若是我们不小心出了事故，
它就像阴云密布的天空一样。

黑眼睛为什么那样温柔钟情，
黑眼睛为什么一直对我张望？
是不是她也希望多出汽油，
还是看中了我的模范奖章？

亲爱的又亮又大的黑眼睛呵，
请你再不要对我张望；
你若是真的爱着煤油、汽油，
我们欢迎你来到炼油厂。

假若你是喜欢那颗金色奖章，
真诚的劳动一定会得到报偿；
至于你要是为了别的什么，
那么，请你听我说吧——
祁连山下，有一个放羊的姑娘……

1954 年春

# 最高的奖赏

多少人爱恋着
明媚秀丽的水乡；
多少颗年轻的心，
长起翅膀飞向南方。



可是我呀，
我却深深地爱着无边的戈壁，
我把玉门油矿当作自己的家乡。

广阔的生活道路，
培育着无限美妙的理想；
那千种万种的工作岗位，
又曾使多少颗心为之激荡。

可是我呀，
我却只愿意当一名石油工人，
一顶铝盔就是我的最高奖赏。

1958 年春

# 我们的油矿

在那喧闹着的祖国大地上，
有一条喧闹的山岗。
山岗上有一座年轻的城市，
它白天发着巨响黑夜闪着光。



假若你要知道城市的年龄，
请去问那林荫道旁的白杨；
那像苗条少女似的树干会向你说：
“城市和我在同一天开始生长。”

我们的城市昼夜都在沸腾，
它比青年人更不喜欢安静。
它永不疲倦地搜索着悭吝的大自然，
从高山顶上直到几千公尺下的地层中。

想要欣赏城市的风光，
你必须攀登高入云际的山峰。
我们正在把辽阔的戈壁划入市区，
我们正在把地下的宝藏握在手中。

居民是那些掌握着明天的青年，
市区里的井架像密集的丛林一般。
生产钢铁的血液是我们的任务，
我们的城市是力量和幸福的源泉。

没有必要对你隐瞒城市的缺点，
我们实在需要一个美丽的公园；
虽然我们每天可以看到壮丽的戈壁日出，
虽然我们每年可以看到六月天雪飞祁连。

城市虽然在远离北京的山野，
城市虽然在荒漠的戈壁滩上；
但是，我们的心却永远地向着北京，
就像北京无时不在惦记着我们一样。

在那喧闹着的祖国大地上，
有一条喧闹着的山岗。
山岗上有一座年轻的城市，
这就是我们亲爱的玉门油矿。

1953 年冬

# 柴达木一青年

在我们光辉灿烂的生活里，
有着多少个黄金铸成的青年。
他们像鱼一样在大海里游泳，
像鹰一样飞上雪线以上的高山。



好似刚刚离开弹筒的火箭炮弹，
他们单纯而又勇敢地飞驰向前。
他们的热情能使钢铁化成汁液，
他们的意志会把严寒变为春天。

在北海的游艇上你曾经见过他，
他的歌声也曾飘荡在大雁塔前。
在那狂欢之夜的天安门广场上，
多少个姑娘曾把他的舞姿赞叹。

我认识他是在青海的柴达木盆地，
这时他已是个石油地质勘探队员。
他的面孔已经晒得黑了，手也变得粗糙，
他已经在盆地里工作了整整半年。

在盆地里工作的人们都知道他，
像在大学时一样，他还是青年团的支部委员。
他用地质工作者特有的热情来欢迎我们，
就像那些白发的探索大自然奥秘的人们一般。

虽然，他为了欢迎从玉门来的亲人，
特地在破旧的工作服上加了一件罩衫。
可是，他的这一件深蓝色的“礼服”，
却也是这个补丁和那个补丁紧相接连。

像一个全副武装的解放军的战士，
他整天地携带着气压表和小罗盘。
草绿色的背囊和他的那把小榔头，
在睡觉时也没有离开过他身边。

在去昆仑山下探测水源的路上，
我们俩在吉普车上把心事交谈：
海洋似的盆地里见不到一个人，
多少天连个鸟兽也难以看见。

每一天都要经过春夏秋冬四个季节，
午夜里穿上皮衣，中午只穿一件衬衫。
刚刚离开北京，一下子就来到盆地里，
终日爬山的野外生活的确使他过不惯。

是那巍峨的昆仑山消除了他的疲劳，
是那黄金般的油砂把他的热情点燃。
祖国的柴达木简直是一座聚宝盆呵，
在这里工作自有光荣和幸福与你做伴。

每当他坐在点燃着蜡烛的小桌前填写报表，
那些浸透着石油香味的数字都会使他狂欢。
他好像看见了戈壁上一行行的脚印，
都已经安装起了又粗又大的输油管。



艰苦的劳动最能把人的意志锻炼，
支持着他的是为祖国寻找新油田的信念。
他开始习惯了用沙子洗碗、洗脚的生活，
也学会了几天不喝水，一根烟吸它三天。

所有的话，他都说得那样真实，
只有一件事他却把我隐瞒。
他说在盆地里从来没有害过病，
医生同志说这是他的谎言。

在详查油砂山地质构造的那一天，
他一股劲地坚持工作到太阳落山。
在海浪似的沙漠上他迷失了道路，
像匹野马似的在戈壁上睡了一夜晚。

漆黑的夜幕，冰冷的沙滩，
包围着他的是冰点以下的严寒。
为了怕寒冷冻坏了宝贵的仪器，
他从身上脱下棉衣把仪器包严。

“这一夜，仪器当然没有受到损坏，
我们却为他的重感冒忙碌了好几天。
这里的年轻人都是这个样子，
好像仪器比他们的身体更要值钱。”

明天一早，我们就要离开盆地，
夜晚我们睡在一个帐篷里边。
已经三点钟了，他还没有入睡，
他总是在行军床上左右辗转。

这颗年轻的心在为什么激动？
我不由得又和他继续攀谈：
“几天之后，我们就要回到北京，
写封信吧，我一定送到她的手边。”

“我就是在为这件事情熬煎——
这么多的话，怎么能够写得完？
请你回到北京时给她捎几句话，
顺便也把我们的生活给她谈谈。

“将来一定会有那么一天，
她在同一天里为两个喜讯狂欢：
我坐着从盆地里开出的快车回到北京，
我们给祖国在柴达木找到了新的油田！”

1954 年冬

# 我想念

不是想念家乡感情海样深，
每见玉门来人分外亲。

不是不爱鲜花浓郁芬芳，
总觉得石油气味比花香。

不是说别的帽子不漂亮，
单爱把那红星铝盔戴头上。

不是不喜欢八角玲珑的宝塔，
心里更喜欢祁连山上的井架。

不是不爱别的矿山工厂，
睡梦里却总是想着玉门油矿。

1955 年冬于北京

## 致柴达木的少男少女们

为了从千百公尺的地层深处，
发掘出来的海河似的黑金；
为了在那兽迹罕到的地方，
建设起了一座座帐篷城镇；



为了那日日夜夜平凡而又不平凡的劳动，
给我们青年一代争来的荣誉；
为了那一座座井架和永不停歇的歌声，
使春天在荒凉的柴达木四季长存；

为了你们从千里外送给我的礼物，
——那一小箱喷香的石油样品；
为了向你们表示我
——一个曾经是你们同行的感激，

敬礼呵，
柴达木的少男少女们！

不是在年初岁尾的时候，
我才像一个游子想念起家人；
每一次见到“玉门”“柴达木”这几个字，
我都没有办法按捺住这颗激动的心。

羞于在人们面前承认是你们的同行，
怕的是我这个蹩脚的同行玷辱了你们。
回玉门，回柴达木去吧，
这念头哪一天不煎熬着我的心？

不是想去分享你们的光荣，
只是想在我们壮丽的事业中，
献上我的小小的一份，
一粒沙子般的微不足道的劳动。

今天是一九五七年元旦新春，
节日里分外想念在盆地里的你们。
请接受我一千倍的期望、感激吧，
祖国的骄傲——我的亲人们！

1957 年元旦

# 车过乌鞘岭

车过乌鞘岭，
一里一山洞。
人说修路时，
洞洞出英雄。

洞中仔细看，
不见英雄面。
只见山洞里，
砌得就像礼堂般。

转身问旅伴，
他正向车外看。
铁路沿山盘旋上，
就像条条铁链缠山间。

修路英雄在哪里？
旅伴指向风雪中：
“修路大军已西调，
风雪凛冽在峡东！”

1958年春

# 一听说冷湖喷了油

一听说冷湖喷了油，
止不住心里好喜欢。
千人狂喜万人歌，
贺电就像雪片般。



一听说冷湖喷了油，
油柱滚滚冲向天。
芳香原油流满地，
沙滩转眼变海滩。

一听说冷湖喷了油，
不住气喷了十几天。
喷出原油千百吨，
车拉罐装运不完。

一听说冷湖喷了油，
原油流满戈壁滩，
戈壁变成大油海，
油光闪闪波浪翻。

一听说冷湖喷了油，
柴达木盆地闹翻天。
千顶帐篷锣鼓响，
万杆红旗飘山川。

一听说冷湖喷了油，
人人争把喜讯传：
盆地原是聚宝盆，
柴达木是祖国的大油田。

一听说冷湖喷了油，
浑身流汗笑满脸。
五年苦战未白过，
给祖国找到了一个大油田。

一听说冷湖喷了油，
嘴里欢唱心里甜。
严寒风沙成过去，
酷热蚊咬只等闲。

一听说冷湖喷了油，
满怀信心望明天。
单等火车进盆地，
原油似海拉不完。

一听说冷湖喷了油，
昆仑山上吐豪言：
柴达木是祖国的新玉门，
油像长江黄河流不断。

1958 年 9 月

# 车过冷湖

## 一

过冷湖，
抬头看，
一根油柱喷向天。
远看就像火山口，
近看好比大喷泉。

过冷湖，
心喜欢，
盆地面貌大改变。
原油产量直线升，
翻它十万八千番。

## 二

过冷湖，
锣鼓响，
千车万人上井场。
山南海北来支援，
开发冷湖大油矿。

过冷湖，
留诗章，
花红柳绿贴满墙。
从此冷湖不再冷，
自今茫崖分外忙。

1958 年 9 月

# 致北京

在我们美妙的语言里，
再没有什么比你的名字更加动听；
在我们祖国的地图上，
还有哪里能像你吸引着我们的心灵？

在我们这里，把那些
去过北京的人都叫作幸福的人；
在我们这里，把从你身边
传来的一张纸片看得比爱人的信还亲。

一辆油罐车正在暴风雪里驶行，
年轻的司机紧瞪着两只大大的眼睛。
他在注视着前进的道路，
也瞥视着那贴在挡风玻璃角上的天安门的图景。

十月里，当你的礼炮，
震动着祖国蓝色的天空。
是谁在油井区路边的雪地上，
歪斜地写了一长串——北京，北京……

每一次见到你的名字，
都会引起我们的激动。
你甚至还常常出现在
我们劳动后的甜梦中。

在我们谈心的时候，
谁对谁也不隐瞒自己的感情：
哪怕是能在你的怀抱里住上一天，
这就是我们一生里最大的光荣！

为了这个愿望，我们
日日夜夜地进行着创造性的劳动，
一个信念无时不在鼓舞着我们，
——条条道路，通往北京！

1953 年冬

# 正是杏花二月天

正是杏花二月天，
遍地麦苗像绿毡。
汽车走在公路上，
姑娘们锄草在地边。

汽车停在公路旁，
姑娘们上前围着看。
司机同志修车忙，
两手油泥满脸汗。

修好汽车把路赶，
司机扳动方向盘。
一个姑娘走过来，
手扒车窗红着脸。

"同志你先慢一点，
有句话儿和你谈：
我想托你带封信，
不知你情愿不情愿？"

"信儿捎给什么人？
就怕人多找不见。"
"看了信封你就知道，
他的名字在上边。"

"呵，你是给他写的信，
我保证送到他手边；
油矿上谁不知道他，
那是个能干的好青年。

"他是你的什么人？"
司机看着姑娘的脸。
姑娘撒手跳下地，
笑着跑回麦地边。

正是杏花二月天，
遍地麦苗像绿毡。
司机张眼望麦地，
一只蝴蝶光闪闪。

1954 年春

# 向昆仑

## 小　序

在你我的日常生活里，
时常会碰到些戏剧性的事件。
它们出现得总是那样偶然，凑巧，
每一次都给你带来双倍的狂欢。

比如说，失散多年的亲友，
突然给你来了一封信；
或者是一个久别的同志，
在电话里把你的名字呼喊。

假若你时常出差在外，
那你准定会有更多的体验：

火车、汽车上偶然同熟人相遇，
意外地同老战友住进一个客店。

惊愕，欢叫，紧紧拥抱，
争相倒茶水忙着递纸烟。
畅谈往昔的战斗生活，
再把老伙伴的情况交谈……

这样的意外相逢，
这样的促膝交谈，
有时候只不过解解闷儿，
有时候呵，
它却成为你生活途程中的一个新起点。

常言说得好：
要穿还是粗布衣，
要吃还是家常饭。

相见——欢谈，
分别——再见，
这是生涯中的家常便饭。
一席寻常的家常话，
也许会使你深思深想两三天。

# 第一章　阳关道上

陈年旧话不去说它，
就从最近一次旅程落笔开篇。
第一百次横渡黄河，
又碰上一个大雪天。

轻车过玉门，
星夜出阳关。
跋涉三千里，
直奔昆仑山。

一马溜平的阳关大道，
恰似北京长安街又平又宽。
每一次走在这条路上，
这颗心呵就像海潮逐浪滚翻。

不是因为我是个写诗的人，
动不动就喜欢一唱三叹；
看着这满眼的烟囱，井架，
汽车轮子也转得格外撒欢。

阳关大道上，
车队连成串。

戈壁千里路，
欢歌声不断。

古老而又年轻的阳关道呵，
像一条不尽的长河川流不断。
那穿梭般的车队，
像是航行在激流中的船。

夜静天漆黑，
只有帐篷顶上的小红灯在眨眼。
四野寂无声，
只有骆驼草在晚风里打战战。

在沙漠戈壁上长途旅行，
招待所就是你的“北京饭店”。
不要看它只有几幢破旧的帐篷，
打尖、过夜却也十分安然。

汽车上摇呀汽车上颠，
风吹日晒跑了一整天。
扛上行李卷走进帐篷里，
简直像踏进家门那样温暖。

热茶热饭不用说了，
那盆滚烫的洗脚水真够舒坦。
行军床上你可以睡个香甜的觉，
梦里边也忘不掉招待员的笑脸。

## 第二章　歌

常年走东跑西，
养成了跑野外的生活习惯：
到哪里都不会不服水土，
不论什么茶饭一样可口香甜。

草堆，地铺上照样睡大觉，
就是在鼓风机前也能安眠。
这一夜呵，我却出了“事故”，
躺在床上怎么也合不上眼。

不能怪我的神经特别娇气，
也不是旅途中受了风寒；
是哪里传来了阵阵歌声，
一声声一字字紧扣心弦。

歌曲呀这是一种神妙的语言，
它能使你奋发也能催你安眠。

在漫长的战斗年月里，
又是它把你我的忧欢分担。

没有不爱唱歌的革命者，
就像没有不开鲜花的春天。
战斗歌曲如同鲜艳的红旗，
在征途中与我们相依为伴。

谁曾经忠诚地为人民战斗过，
几支战歌就可以谱成他的小传。
老红军唱起《三大纪律八项注意》，
雪山草地的情景重又展现眼前。

同是一曲悲壮的《国际歌》，
各人的感受却不一般：
谁在冷炕前唱着它宣誓入党，
谁拖着沉重的镣铐走向牢监。

一曲《在太行山上》，会使你
回想起硝烟弥漫的一九三八年。
唱起《南泥湾》，
它又使你记起了延安的大生产。

过去年代的歌曲它有两个翅膀，
一个使你回忆往昔，一个展望明天。
往昔的经历激励今天的斗志，
异曲同调——乐观向前。

过去高唱战歌走向疆场，
歌声使风云变色山摇地颤。
今天呵，它又鼓舞着我们
走向建设的最前线。

## 第三章　喜相逢

世上的歌儿呀成千上万，
听歌的人却各有各的喜欢。
这里边没有多少道理好说，
歌儿呵总和你的感情有点牵连。

我呵我爱的歌儿是顺天游，
这歌儿曾经陪伴我多少年。
就像马兰草的千万条须根，
它使我扎在三边的黄沙滩。

顺天游呵不断头，
千遍万遍听不厌。

多少欢笑多少泪，
清风长夜不安眠。

一曲顺天游，
梦魂到三边。
披衣忙坐起，
惊呼招待员。

深更半夜谁的兴致这么好，
甜滋滋的小曲伴琴弦？
熟悉的音来熟悉的调，
唱曲人一定是老三边。

不待呼唤不待叫，
招待员早就掀开毡门帘：
“老李同志睡没有？
我们的祁书记想同你谈一谈。”

前几年我进柴达木，
矿上的同志我都见过面，
压根儿没有听说姓祁的，
左思右想犯疑难。

猜疑不决下床来，
一声“老李”到跟前。
抬起头来吃一惊，
老天呀——
原来是三边的老伙伴！

再莫说“西出阳关无故人”，
嘉峪关外泪涟涟；
长夜一曲顺天游，
多年的老友重相见。

## 第四章　少年游

童年的生活难以忘却，
青年时代更值得留恋。
儿时的小友纯真无邪，
永难忘青年时代的战斗伙伴。

一群无知的学生娃娃，
甚至还不懂得饥饱冷暖。
如同暴风雨里的迷途小舟，
我们在炮火中扑向灯塔延安。

像抚育一棵棵嫩弱的幼苗，
党把我们深栽在人民中间。
学习战斗，学习生产，
我们在时代的熔炉里燃烧熔炼。

虽然还是嘴上没毛的年纪，
却自小就被旧时代的毒菌污染。
是党教导我们脱去旧胎换新骨，
又把战士的责任交付我们承担。

艰辛而又幸福的青年时代呵，
永远使人眷恋，怀念。
怀念哺育过我们的土地、人民，
怀念生死与共的同年伙伴。



在窑洞里同一盏油灯下，
我们盘着腿学习；
在高高的山崖上，
又在同一块土地里开荒生产。

手挽手蹚涉过雨后的延河，
又一同背起背包走向前线。
横穿汾河、同蒲路的夜里，
同一支步枪在我俩肩上轮换。

我们来到部队里，
恰好又在同一个团：
他在团部当参谋，
我在连里当指导员。

漳河畔的风雪雨露，
太行山的酷热严寒，
连续的出击反“扫荡”，
把我们的意志磨炼。

他帮我在磨秃的牙刷柄栽上马尾，
我送他在荒山土坡上种的山药蛋。
战斗间歇时我们偶然相聚一起，
品尝着同一支缴获来的纸烟。

友谊呵像一根不断的线，
我们俩又前前后后来到三边。
他调回边区来学习，
我在一个小学校当教员。

种谷子，种糜子，
打土墙，纺线线。
工作学习虽然忙，
往来信息总不断。

几粒调墨水用的蓝色颜料，
一本马兰纸印的《整风文献》，
一双自纺自织的毛线袜，
这都是我们友情的珍贵纪念……

生活的激流呵浪淘沙，
个人友情也在这里承受考验。
历经患难的同年战友呵，
是忠诚把咱们紧紧相连。

青年时代的伙伴呵，
即使远隔千里多年不见，
我们也会像信任自己那样，
坚信都在同一面红旗下作战。



## 第五章　三边呵三边

三边分手二十多年，
今夜在阳关道上意外相见。
喜从天降人也年轻了，
老祁呵——
一个炕上打过滚的老伙伴！

此地此景此时情，
可不比寻常的握手言欢。
生死战友情如山，
话头繁句句不离老三边。

我离开得早，
他离开得晚。
我随军南下遍走十几省，
他在三边一直待了这些年。

前年才调出沙窝窝，
从沙漠来到戈壁滩。
“你的腿长我腿短，
只能在沙漠戈壁上打转转。

“说起苦来也实在苦，
说它甜来也真够甜。
你知道沙漠上怎样搞新建设，
三边呵，可不像过去那些年。”

说盐池，说定边，
说罢吴起又说张家畔。
三边的山呀三边的水，
望不尽的柳树丛黄沙滩。

说羊群，说骆驼，
挖不尽的甘草驮不完的盐。
二毛筒子老羊皮袄，
彭滩的黄米靖边的荞麦面。

又是说呀又是唱，
一声声顺天游飞上天。
两张嘴唱的一个调，
两颗心弹的一根弦。

说起三边的乡亲们，
情深无限想起当年。
“还记得胡家圈的胡升吧？
老人家已经当了第一百次模范。



“死羊湾的放羊老汉王老七，
成了公社的‘顾问’‘羊总管’。
咱们的老房东郭大娘，
赶驴推磨照样上崖畔。

“大娘一家人变化大，
大儿在广西二儿在武汉，
三儿是公社的大队长，
小女儿在西安纱厂当技术员。

“城关乡长现在是副县长，
他那个小儿子当了空军驾驶员。
公社到县全是一帮新人手，
生气勃勃干劲赛过咱们那些年。

“再莫说‘三边毛驴’不中用，
‘沙老鼠’照样能闹翻天。
重要的是革命这两个字，
有了它，人也变来土也变。”

## 第六章　家

茶暖肚肠越谈越有劲，
摆开龙门阵简直没个完。
忽然我想到他的家，
问起他的爱人孩子可在身边？

鬼眨眼睛拍着我哈哈笑：
“你这一问使我想起了那一年。
当时咱们都在游击队，
经过长征的老队长同咱们闲聊天。

“他问咱们打算多大才结婚，
将来找爱人都有啥条件？

你看我来我看着你，
咱俩脸红半天谁也没答言。

“末了还是你说永远不结婚，
找爱人生孩子添麻烦。
咱们那时候都年轻，
把这些问题看得多简单……

“你这个小鬼头多健忘，
过去说的话还算不算？
现在你一本正经来问我，
这一回倒让你抢了先。

“你的情况我早就听人说，
是不是已经有了一女两个男？
这件事我又是个‘落后分子’，
我结婚还不到三个整年。

“不是因为找对象不容易，
实在像你说的是怕麻烦。
周围的同志们都批评我，
说我不通人情过于简单。

“问起我的家吗？
我的‘后方’可够遥远。
我不喜欢像蜗牛那样，
一步步背上总是驮一架山。

“我的爱人是个农村妇女，
结了婚也打算离开公社稻田。
我说咱们还是一个工来一个农，
‘工农联盟’，隔些时日见一面。

“去年我们才生了个男孩子，
四十得子这也算大事一件。
勘探队的青年同志们开玩笑，
说我是放着幸福甘愿受孤单。

“幸福这是个挺好的字眼，
我觉得他们理解得并不完全。
好同志，你们是著书立说的人，
你说说这个问题该怎样看？

“革命和建设的任务比山还重，
前进的道路上还横着许多艰难。
这时候就迷恋着安乐的家，
沉醉在爱人的怀抱中间？

“能把个人的幸福，
当作至高无上的理想？
能把奴隶们的呻吟呼号，
像耳旁风听见装作没听见？

“如果那也叫作幸福，
我宁愿不做这个共产党员！
革命不成死不休，咱们呵，
咱们的幸福只能在不倦的斗争中间！”

## 第七章 “国际迷”

戈壁滩的夜呵特别黑，
阳关外的风呵分外寒。
老祁拿出来一瓶“竹叶青”，
取来漱口杯把酒斟满：

“好同志，酒逢战友千杯少，
今晚上咱们来他个底朝天。
当年困难难得共一醉，
老伙计意外相逢好好谈一谈。”

话头像戈壁上的野马，
纵情奔驰，没遮没拦。

他突然看了看手表，
两针相压正是午夜十二点。

“可惜帐篷里没有收音机，
不知道这些天国际形势有何发展？”
接着他诉说起野外工作的苦，
半月不见报，一来一大卷。

“我呀还是那个老毛病：
只要有报纸宁肯少吃一顿饭。”
霎时间，我陷进回忆的迷雾里，
仿佛又见他在崎岖的山道上蹒跚。

脚上穿着一双破草鞋，
身上的棉军装又薄又烂，
而他背上的那个背包呵，
却像一座鼓囊囊的小山。

那是在向敌后进军的途中，
上级号召轻装飞越封锁线。
他狠着心把棉被拆成夹被，
又把妈妈的来信撕成碎片。

不愿丢弃那一束剪报两本地图，
和几卷《世界知识》半月刊。
“就是打着光脚板走路，
我也要把它背上太行山。”

一次我俩在午夜同班放哨，
他悄悄吐露了真实心愿：
“胜利后若有国际问题研究所，
我将请求去做一名研究员。”

漫长的战斗生活，
曾把多少人的性格改变；
可是老祁这个“国际迷”，
征途越长他的兴趣越发展。



杂志虽然在反“扫荡”中遗失，
那两本地图却一直带在身边。
他向全团做过列宁格勒保卫战的报告，
又是我们研究抗战形势的活字典。

“国际迷”呵当过营长、县委书记，
今天又把石油探区的领导责任承担。
结束回忆我捅了他一拳头：
“你现在还想去当研究员？”

"那档子事早就死了心，
国际问题可是越学越甜。
我们这里不只我一个是'国际迷'，
哪一顶帐篷里不是把世界大事讲谈。

"不要看我们是昆仑山里的'野人'，
黑非洲的枪声我们一样能够听见。
你去问问不论哪一个石油工人，
谁的胸中没有一个地球在旋转？

"虽然我从来没有见过一个黑人，
也没有机会到国外访问参观；
我只能从报纸收音机里了解他们，
只能从电影上观看他们的容颜。

"可是我觉得同他们如此亲近，
就像隔山相居的兄弟一般。
每一次登上昆仑山顶，
仿佛都能瞭见黑非洲的朝霞满天。"

## 第八章　长夜谈

生活像一座奇异的矿山，
它有数不尽的砾石，

也有闪闪发光的金砖。
多少平凡的日子转眼成为过去，
激动心弦的一刹那，
你会记它一百年。

怎么会忘记这次相逢呢，
我们纵情畅谈了一个夜晚。
忘不了热情扑扑的老祁呵，
和那些迸发着火星的语言。

他像述说自己探区的地质构造，
从非洲、中东一直说到南北朝鲜。
“斗争风暴正席卷整个地球，
我们总算看到了星火燎原这一天！



“这是亘古未有的大风暴呵，
它只会越刮越猛绝不会云消雾散。
这是一片怒潮汹涌的火海，
可不只是划在地图上的一条线。

“当年咱们也曾展望过世界形势，
谁能预料到今天这样的大好局面。
当然啦，我们的对手也不是蠢猪，
想要彻底消灭它也并不简单。

“古往今来有过多少个两脚恶魔，
哪一个能比今天的恶霸狠毒奸险！
历史上谁曾经建立过这么大的帝国，
它甚至还想把整个宇宙装进私囊里边。

“我是一个不折不扣的土包子，
看问题也许有点头脑简单。
我看它好比咱们住的这顶破帐篷，
越高越大越要更多的绳索牵。

“夏天雨淋冬天风雪猛，
这里不烂那里烂；
绳索越多反倒不牢靠，
这根不断那一根断。

“不要看它装模作样吓唬人，
枯木朽竹先打肚子里边烂。
赤手空拳的黑人都看透了这只笑面虎，
有人呵，
对这层薄薄的纸皮硬是看不穿！

“我们的敌人同野兽是一种性格，
你越怕它越凶，你硬它就软。
只有关在笼子里的豺狼才不能吃人，

和平呵，只能靠亿万人手中的枪杆！”

## 第九章　走向明天

当我还是“小鬼”那样的年岁，
就生活在革命兄长的关怀中间。
曾有多少个老大哥呵，
挽着我的手翻越河流高山。

在冰封雪飘的山洞里，
拿仅有的一床夹被为我御寒；
如同在弹雨纷飞的火线上，
用他们的身体把我遮掩。

他们对我像对待自己一样严格，
从不姑息我的任何一个小缺点。
当我带着泪花为自己的错误辩解，
多少双责备的目光射进我的心间：

“小鬼呵，可不能辜负党的期望，
想想我们在红旗下立过什么誓言？
日本侵略者还没有打倒，
红旗飘扬全世界的时刻更为遥远。”

我的这些可敬的革命长兄呵，
教导我像他们那样坚定勇敢；
接过先烈们留下来的接力棒，
无所畏惧地走向胜利走向明天。

一月又一月呀一年复一年，
他们教会我
从太行山展望全世界，
用伟大的理想战胜艰难。

就是在吃树叶黑豆的时刻，
在敌人的刺刀枪口面前，
我们心上都铭刻着一行金字：
英特纳雄耐尔一定要实现！

从太行山到昆仑山，
时间呵又过去了多少年。
在这戈壁滩上的长夜里，
我们又把这个话题畅谈。

尽管他搞石油我是个写诗的，
我们呵可都是共产党员。
职业纵然有千种万种，
心里却都是为着同一个明天。

我们讲呵我们谈，
这个话题永远也谈不厌。
促膝回首万里路，
心赛坚钢望明天。

夜入深更，心冷骨寒，
茫茫风雪覆地盖天。
帐篷颤抖缝隙里冒冷风，
转眼间床前边碎雪一片。

老祁呵还是那么容易激动，
声音越说越高鼻尖沁着汗。
他从行军床上跳到地下，
挥舞着手臂边走边谈：



“我的好同志，最近两三年，
我的心真像在滚油里熬煎；
多少失眠的夜里我责问自己，
怎样才能做个永不褪色的党员？

“这些年你是否想到过打仗？
想到过我们又背起步枪手榴弹？
烽火硝烟早已从祖国大地上消失，
非洲沙漠上的炮火离我们又很遥远。

“革命胜利，万事如意了，
只想着怎样把幸福生活再加装点；
斗争早已被忘到九霄云外，
革命嘛这也成了额外负担。

“我们在战斗生活里，
学会了一条经验：
谁若是对明天失掉了热情，
在今天的战斗里
他就不会勇往直前。

“当他为个人的得失苦恼，
为工资、职位伤心失眠；
当他说理想不能当饭吃，
活在世上就是为了吃穿。

“他对一切都已心满意足，
沸腾的生活使他感到厌烦；
一有什么风吹草动就心神不宁，
害怕把他那安逸舒适的生活搅乱；

“他的眼睛只看到自己的鼻尖，
忘却了大半个世界还在遭受苦难；
当他呀……一句话，

当他不再记得自己是一个共产党员。

“老李呵，谁们会说，
这是故作惊人之谈——不！
一个没有理想的‘革命者’，
他走向革命者的反面。

“没有理想，
就不是一个真正的战士；
忘掉明天，
还算是什么共产党员。

“一个战士丧失了理想，
将会掉落在战斗行列后边；
一个共产党员不再为明天战斗，
这种行为的名字就是背叛！”



## 第十章　山　颂

戈壁寒风夜来狂，
一宵畅谈，冰雪漫山川。
风停雪住红日出，
推窗远眺昆仑光闪闪。

银色盔甲银战袍，
巍然屹立天地间。
大野滚滚望无尽，
沙柳碎草都不见。

这就是我们茫茫的戈壁，
这就是我们巍峨的高山；
辽阔，静穆，没有边际，
坚定，豪迈，无比庄严。

千山万岭高入云，
昆仑山是母亲的山。
哺育祖国大地的江河呵，
都是从这里发源。

“老李呵，
高山大河我也见过不少，
昆仑山可算是奇妙的山。
晨雾里它是那样柔和优美，
赤日下却又显得异常威严。

“春秋四季变化无穷，
瑰丽的景色气象万千。
最可意是严冬冰封时，

银须银发更是壮观。

“千里戈壁一片白，
透亮的晴空海样蓝。
顶天立地的昆仑山呵，
像一个战士雄立天地间。

“不知道别人喜欢不喜欢，
我可是一到这里就被它迷恋。
早也看来晚也看，
朝朝暮暮看不厌。

“你们写诗常爱打比方，
你说它像不像个共产党员？
勇敢坚定，威武不屈，
无畏地捍卫着大地云天。



“永远忠诚地坚守岗位，
万年如一日承受着静寂的考验。
它从不贪图安逸享受，
千年万年永远穿着那件雪罩衫。

“不向人类索取酬报，
却把自己的乳汁流向人间；

川流不息的长江黄河，
浇灌着多少麦地稻田。

“我这是不是有点班门弄斧，
在你这个诗人面前放肆胡言。
老伙计，这可真是心里话，
昆仑山实在像一个共产党员。

“有时候我还这样想：
等到革命最后胜利那一天，
搞上它十万个强力的高音喇叭，
安装在地球上每一座高山之巅。

“用全世界所有民族的，
千百种各不相同的语言，
在同一秒钟里同声播唱《国际歌》，
——英特纳雄耐尔一定要实现！”

谁呀谁能挑剔这是矫情，
谁能责备这是虚幻浪漫。
不是呀！这是一个战士
发自肺腑深处的真诚心愿！

迎着戈壁的寒风，
我们并肩站立窗前。
我好久好久没说话，
只是默默地看着他那激动的脸。

直到这一分钟呵，
我才注意到他两鬓风霜眼窝深陷。
虽然是条条皱纹横过前额，
那豪放乐观的气概胜似当年。

一夜长谈没有一丝倦意，
他两眼炯炯地望着昆仑山。
从那滚热烫人的手掌上，
我仿佛感觉到他那老羊皮袄下，
蕴藏着一座将要爆发的火山。



## 尾　声

没有走不到头的路，
没有爬不到顶的山；
不论多么有意思的谈话，
也不能把工作撂下不管。

他是一个石油探区的党委书记，
我也不是终日游乐的一名闲员；
帐篷外汽车喇叭正在呼叫，
它在召唤我把新一天的路程赶。

紧紧握手含泪告别，
殷殷嘱咐常通信函。
忙匆匆爬上大卡车，
情依依预祝再相见。

又是一天长途路，
又是一个大雪天。
车队沿着阳关道，
迎风踏雪直奔昆仑山。

冰雪彻骨寒，
仰望昆仑山，
苍茫万里一望白，
云遮雾绕天际悬。

回头望帐篷，
茫茫雪一片。
深情祝福老战友，
盼望再见那一天。

1963 年 8 ～ 11 月

# 师徒夜话

天黑夜静没有月亮，
只有石油河在悄声歌唱。
河两岸油井架上的电灯，
像星星一样的发着闪光。



顺着小路走过来两个黑影，
脚步轻捷得没有一点声响；
假若不是饭盒子碰响了管钳，
你真不会相信有人走在路上。

“王师傅，是不是我的手脚太笨，
开闸门的动作我怎么总摸不上？
要是说我不用心，可真冤枉人，
这几天，做梦时也在揣摩也在想。”

“真是没有办法，你们这伙年轻人，
难道你们一个早上就学会了打枪？
说起打枪，我倒要问问你，
你那只右手，怎么那样没力量？

“开闸门时，正要右手用力气，
你一换手，那操作当然就跟不上。”
谈话突然停了下来，
河水声这时分外响亮。

“不是我右手不愿用劲，
只因为我肩膀受过重伤；
用劲一猛，浑身就麻……
没有什么，来，我帮你把饭盒提上。”

“呵，我说你那只手怎么没有劲，
原来是你在战争时受过伤。
提起打仗，我倒想起了一件事，
快解放时，在我们庄里打过一次仗。

“解放后我回家时听人讲，
说那一仗打的真漂亮。
咱们解放军把敌人包围了，
一营敌人被困在我们庄子上。

"咱们的一个侦察员摸黑偷进了村，
被敌人逼在我家的房顶上。
他一个人抵抗了整整一夜，
敌人没办法要放火烧房。

"幸好咱们军队发动进攻，
一阵风把敌人全消灭光。
房顶上救下了那个侦察员，
他身上足足受了十几处伤……"

谁的脚踏空了一步，管钳掉在地上，
受惊的石头块当啷啷地滚下河床。
"怎么啦？这个地方可得小心。"
"不要紧——我真没想到那是你家的房！……"



天黑夜静没有月亮，
井架上的电灯闪闪发光。
人走远了，声音也越来越小，
石油河却还在悄声歌唱。

1953年冬

# 红头巾

汽车飞驰在戈壁滩上，
开车的是一个年轻的姑娘。
姑娘系着一条红色的头巾，
红得像戈壁滩上初升的太阳。

汽车飞驰在戈壁滩上，
就像是长了翅膀一样。
姑娘嘴里悄声唱着歌儿，
一丝微笑挂在她的脸上。

两只手紧紧地握着方向盘，
一双眼直直地望着前方。
那颗带翅膀的心儿呵，
却早已飞到了井地上。

心儿飞到了井地上，
飞到了年轻的队长身旁。
她好像看见那个钻井队长，
正在焦急地把她盼望。

队长真的是在盼望，
他甚至登上井架瞭望。
他盼望着快把钻杆送到，
也盼望着戴红头巾的姑娘。

汽车飞驰在戈壁滩上，
开车的是一个年轻的姑娘。
姑娘系着一条红色的头巾，
红得像戈壁滩上初升的太阳。

1954 年春

# 登昆仑

登昆仑，放眼看，
祖国山河一望间。
一望山岳飘红旗，
再望江河带笑颜。
山河大地歌声起，
花团锦绣好江山。

登昆仑，看四川，
黄金盆地大平原。
川中川南遍油香，
蜀中健儿发誓言：
凿透四川万重山，
峨眉山上立标杆。

登昆仑，向西看，
白雪皑皑是天山。
克拉玛依猛虎将，
井架林立戈壁滩。
南疆北疆全钻遍，
红旗永远插天山。

登昆仑，朝东看，
热火朝天玉门关。
玉门油矿老大哥，
全国典型作模范。
各项指标都先进，
一马当先插标杆。

登昆仑，往下看，
柴达木红旗耀人眼。
盆地本是聚宝盆，
英雄们鏖战油砂山。
冷湖将是大油矿，
大沙漠要变成大油田。

登昆仑，心喜欢，
石油工业大发展。
千万吨钢铁千万吨油，

这个日子不会远。

石油工人兄弟们再加一把劲，

早早把“石油落后”的帽子甩一边！

1958 年 9 月

# 柴达木

昆仑山下柴达木，
四周丛山聚宝盆。
踏遍盆地三千里，
处处石油处处金。

1958 年秋

# 油砂山

有多少荒僻的乡村、山岗，
因为烈士们洒下了宝贵的鲜血，
或者，曾经把光荣的儿子抚养，
它们都成了天下闻名的地方。

也有些从它们开始存在的时候，
就一直是没有名字的地方。
今天，它们有了自己的名字，
这名字在人们心上闪着金光。

我们的油砂山，
就是这样的地方。
连鸟兽都不栖落的山岗呵，
又有谁曾经攀登在你的山顶上。

就像一个姣美待嫁的少女，
就像一颗珍珠遗落在路旁。
一个世纪又一个世纪，
你却默默无闻地站立在大地上。

那一天，来了一队骑骆驼的人，
他们把你从头到脚仔细地端详。
你那油气袭人的石头使他们狂欢，
他们把一面旗帜插在你的山顶上。

帐篷里电报机在嗒嗒地响，
他们把你报告给一个遥远的地方。
说你的全身都像在油里泡过，
一个火星会使你全身发光。



“这个山叫什么名字呢？”
他们没有商量就有了共同的主张，
——当然就叫它油砂山，
别的名字都没有这个恰当。

油砂山——多么诱人的名字呵，
我的心无时不在为你激荡。
我爱你那庄严瑰丽的景色，
更爱你那勇敢的居民，白色的篷帐。

山石被风化成奇妙的亭台楼阁，
尕斯湖在你的山脚下闪着银波。
湖对岸是那顶天立地的昆仑山，
你们就像是一个弟弟，一个哥哥。

我从心里热爱着的山岗呵，
明天的事，你可曾想过？
那时候，你将被建设成一座城市，
涌泉似的石油，从你的脚下流过。

那时候，迷人的尕斯湖上，
将会出现一只只美丽的游艇；
那时候，从你身边经过的汽车，
会比草原上牧放的骆驼还要多。

1954 年冬

# 写给阿拉尔革命烈士墓的话[1]

年轻的石油地质勘探队员呵，
请你把最热情的短歌献给它；
尊敬的两鬓苍苍的地质师呵，
请你把最虔诚的颂词献给它。



回、蒙古、藏、维吾尔、哈萨克族的好兄弟，
当你拉着运送器材的骆驼经过这里，
也请你脱下你那饱经风霜的毡帽，
虔诚地向这些坟墓行个礼！

因为有一群我和你最亲爱的亲人，
他们为了我们大家而长眠在这里。
他们所做的，比咱们加起来的还要多，

① 阿拉尔，地名，在青海柴达木盆地西北部的尕斯湖边。

他们用鲜血灌溉了我们今天和明天的生活。

在抚育了他们的党的面前，
他们一点也不会感到脸红；
他们做到了一个战士所能做的一切，
他们光荣地度过了自己的一生。

苦水里浸泡着一棵棵黄连的嫩苗，
这就是他们幼年生活的写照。
当反动的毒焰弥漫大地的时候，
是他们最先跟着红旗拿起了枪刀。

是他们把温暖的党的阳光，
送到被夜幕笼罩着的城市、乡村。
是他们还没有擦干伤口上的血滴，
就向匪徒盘踞的柴达木盆地进军。

那时候，我和你都在为胜利狂欢，
而他们却正在六月飞雪的昆仑山上飞奔。
那时候，我们在劳动后已经可以吃上一顿饱饭，
而他们却还把冰冻的石头般的干粮吞咽。

是他们在渺无人烟的戈壁滩上，
修造起了一座座城堡、营房。

是他们在那连野草都不生长的地方，
开垦了一片片茂盛的蔬菜农场。

最难忘在昆仑山上的那次战斗，
他们整整一连人马在山上迷了路。
人没有干粮，马没有草料，
人们连做梦都在摸着那早已干了三天的水壶。

马呀，饿得回过头来咬自己的尾巴，
人呀，把石头噙在嘴里，两眼昏花。
当一支兄弟部队赶来救援他们的时候，
人和马都已经昏迷地倒在地下。

他们就是在这样的战斗中牺牲，
他们就是一些这样的英雄！
难道我们不应当把最高的荣誉给予他们？
他们的名字，难道不值得我们永远尊敬？

1954 年冬

# 石油河①

来自四季冰封的群山深处，
流向辽阔千里的大戈壁滩。
你是祁连山宝藏热情的宣传者，
你把宝库的钥匙传向人间。

炎热时节，你用浑浊的激流，
拍打着沉默的戈壁。
寒冬里，在那厚厚的冰块下面，
你和砾石做着激烈的争辩。

你有着一个战士的坚定，勇敢，
千百年来，你一点也不觉得疲倦。

① 石油河，源出祁连山，流经甘肃之玉门、酒泉等地区。据史书记载，数百年前，牧人常见油珠漂浮水面，故称石油河。

虽然，你的辛勤常常是换来了冷遇
——在地图上，一直是一条没有名字的黑线。

辛勤而又勇敢的河流呵，
你所盼望的日子终于来到。
我们的毛主席已经下了命令，
大地上无处不在响彻着他的号召。

千万盏电灯驱走了祁连山的黑暗，
森林般的井架竖立在你的河身两旁。
这都是为了执行他的命令，
他派我们前来开发宝库，消灭荒凉。

他要我们把祁连山钻透挖空，
在戈壁上建立起千百个繁荣的农场；
他要我们使山河都服从人的意志，
把大戈壁建造成人世间的天堂。

1953 年春

# 在那美丽如画的尕斯湖边

在那美丽如画的尕斯湖边，
野生的芦苇筑成了天然的围堤。
硝盐凝结成银色的薄冰，
昆仑山的倒影斜照在湖里。

在那密印着兽迹的芦苇丛里，
乌孜别克族的阿吉老人，
对我讲说着尕斯湖的故事。
八十年前，有一个能干的哈萨克，
他乘着一只小船，想渡过湖去。

在戈壁上他是一个骑马的能手，
可是他却被埋葬在深深的湖水里。
从此，再也没有人敢来尝试，

人们说尕斯湖连鹅毛也要沉底。……

这是哪里传来的欢笑，
这歌声我怎么这样熟悉？
“你看，他们快要走到湖中心去了，
——他们也不怕陷在湖水里！”

是的呵，就是他们呀！
为了探测尕斯湖的秘密，
他们像一群熟练的滑冰能手，
轻捷地沿着薄冰向湖中走去。

我的亲爱的好兄弟呵，
我只说你们爬高山如走平地，
谁知道在这吱吱作响的薄冰上，
你们也能像燕子一样地飞。

“说实话，我没有见过这样的人，
有了他们，昆仑山也要把头低。”
惊呆了的阿吉老人自语着说，
湖风吹拂着他苍白的长须。

1954 年冬

# 我问昆仑山

仰望昆仑山，
昆仑顶着天。
昆仑昆仑我问你：
千山万岭打从哪儿起？

我的好兄弟，
听我告诉你：
千山万岭都从我的脚下起，
子孙绵延千万里。

仰望昆仑山，
昆仑顶着天。
昆仑昆仑告诉我：
哪儿又是长江黄河源？

我的好兄弟，
请你听我谈：
长江黄河发源在我的山脚下，
一个山北一个南。

翻越千山和万水，
我从北京来找你。
找你不为别的事，
想问你石油在哪里？

我的好兄弟，
请你坐下来：
我的怀抱里油如海，
单等勇敢的人来把门开。

油在哪架山？
油在哪个湾？
怎样才是勇敢的人？
要用什么钥匙把油门开？

遍山都是宝，
地下油如泉；
敢于胜利的就是勇敢的人，
那钥匙就是一颗勇敢的心。

1954 年冬

# 千军万马闹昆仑

昆仑山，高入云，
山高宝多数不尽；
金银铜铁样样有，
单等英雄好汉们。

千万个，英雄们，
浩浩荡荡进昆仑。
山顶立下冲天志，
誓把昆仑宝挖尽。

一队队，一群群，
各路兵马会昆仑。
你骑骆驼我骑马，
汽车开路毛驴跟。

有干部，有农民，
勘探队员打头阵。
钻探工人搭井架，
钻透昆仑万丈深。

雪乱舞，寒风紧，
风雪扑面冻死人。
英雄不怕千年雪，
心热似火暖昆仑。

叫昆仑，莫怨恨，
咱们无冤又无恨；
只为祖国工业化，
请你交出钢铁千万吨。

昆仑山，高入云，
千军万马闹昆仑。
万丈山顶对着地球喊：
看我们六亿钢铁的中国人！

1958 年秋

# 我站在祁连山顶

像一个守卫边疆的战士，
我昼夜站立在祁连山顶。
我站在那雄伟的井架下面，
深情地照料着我的油井。

虽然是严寒封锁了大地，
虽然是风沙吹打得睁不开眼睛；
不论什么时候我都不愿离开一步，
哪怕是寒冷得连汗水也冻结成冰。

在山顶上我一点也不觉得寂寞，
整天陪伴我的是那祁连群峰。
黑夜里，群山悄悄地隐入夜幕，
这时候，来拜访我的是北斗七星。

辽阔坦平的戈壁滩在我的脚下，
行驶着的车队像一群小小的甲虫。
排成长列的白云前来把我慰问，
乐队总是那高傲的山鹰的嗥鸣。

我见过黎明怎样驱走黑夜，
我见过破晓前最后熄灭的那颗晨星，
我见过坐着第一辆车去上工的兄弟，
我见过金光四射的太阳怎样升上天空。

1953 年冬

# 向西去！

铁路沿着黄羊的足迹，
穿过戈壁向西修去。
人流随着欢乐的汽笛，
踏着荒凉向西涌去。

歌声跟着云际的苍鹰，
越过高山向西飘去。
我们的双手要把幸福的方砖，
日日夜夜地向西铺去。

1958 年 2 月于兰州—玉门途中

# 石油诗

## ——给一个石油工人祝贺春节的信

又是一年春节到，
挥笔写诗贺春节。
千山万水道儿远，
茫茫戈壁冰和雪，
贺信随风穿云雾，
遥寄寸心火样热。

又是一年春节到，
春节就是石油工人节。
自古春风不度玉门关，
千里戈壁千里寒，
昆仑山前行人少，
石油芳香何曾漫天山？

祖国江河千万条，
啥时候漂过一艘运油船？

又是一年春节到，
春节就是石油工人节。
石油工人志气大，
身背钻机走天涯。
井架就像雨后笋，
万千口油井饮铁马。
南征北战忘年月，
祖国大地盛开石油花。

又是一年春节到，
挥笔写诗慰英雄。
千里冰雪风刺骨，
功勋建立在严寒中。
条条输油管横贯祖国大地，
褐色原油写下了前进的历程。
喷泉般的油井在欢呼：
我们是奋发图强的见证！

1962 年 1 月于大庆

# 白　杨

长了十年的白杨，
还没有你那么高；
那是因为没有水呀，
白杨天天要水浇。

你那口油井本不坏，
为什么出油那样少？
那是油管结了蜡，
谁叫你不把它通洗好。

听说团支部批评你，
同志们提的意见也不少：
大家都说你变了样，
劳动不像过去那样好。

绸子做的大红花，
那当然不是无价宝；
谁能带上它多光荣呀，
你可不要把它看轻了。

你当过三次劳动模范，
而今可要垮台了；
不是我对你有什么意见，
我真替那个青年团员心焦。

不是在停车场上游串，
就到图书馆里把我来找；
像这样子怎么能行呵，
闹得大家说我的不好。

咱们俩都是青年团员，
况且你还是劳动模范；
这个道理咱们该都明白：
我的爱人怎么能是这样的青年？

1954 年春

# 旗

这不是缤纷的迎接节日的彩旗，
欢乐的歌声还没有从大地升起。
在这座连飞鸟也不来临的高山顶上，
是谁把一面耀眼的红旗插在这里？

插这面旗帜的是一队年轻人，
他们是从酒泉盆地来到这里。
他们的双脚走遍了祁连山的每个山峰，
他们的汗水也曾流进陕北的黄土层里。

歌声惊走了戈壁上的野马群，
欢笑驱走了处女地上的静寂。
他们是光荣的建设大军的先锋部队，
在每一片被探测过的土地上，

插上他们这面骄傲的红旗。

这旗帜是向大自然进军的信号，
跟随着它的是
我们万千个建设幸福生活的兄弟。
今天他们把红旗
插在这地图上还是空白的柴达木，
明天，铁路工人们就要把火车开到这里。

荒凉而又富饶的柴达木呵，
是这面红旗把母亲祖国的关怀带给你；
把你最深的谢意给予它吧，
就是它，给你带来了为祖国贡献你那
比尕斯湖还要丰富的乳浆的权利。

1954 年冬

# 厂　长

那一天，我刚刚来到油矿，
下了汽车就去把厂长拜访。
想不到在厂长办公室里，
却遇见了我们过去的团长。

他正对着一叠报表拉计算尺，
那样子真像在摸弄心爱的手枪。
见了面，他几乎把我抱了起来：
“老李呵，你是不是也改了行？”

有一次，我们坐车到井地上去，
他上车的动作，引起了我的回想——
这多么像他过去上马的姿势呵，
看样子他还没有把战斗生活遗忘。

新的职业并没有改变他的性格，
他还是像过去一样爽快，明朗。
在澡堂更衣室里有个工人问他：
“厂长，你在哪里受了这么多的伤？”

“刀痕是长征时留下来的，
抗日战争的纪念在肩膀上，
解放战争中丢了一个手指头，
这一脑袋白头发是转业以后的奖赏。”

上下班他从来不坐公共汽车，
这原因就像一个难猜的谜语一样。
那天下班时，我故意向他发问，
他笑着说：“这是秘密，可不能讲……

“整天坐办公室没有一点活动机会，
搞工业也需要身体强壮；
况且，敌人还没有完全消灭，
说不定哪一天又要穿起军装。”

1953 年秋

# 在我们居住的地方

在我们居住的大草原上，
每年只有一次马兰花儿开放。
今年为什么开了第二次呵，
莫不是东方出了第二颗太阳？

哪里是东方出了第二颗太阳，
那是我们草原上建设起了第一座发电厂。
满载着幸福的火车就要隆隆地穿过大草地，
工厂的汽笛将要和我们的牧歌合唱！

在我们居住的长江边上，
滚滚的江水把火车拦挡。
今年的火车怎么横渡过汉水，
莫不是火车头长起了翅膀？

哪里是火车头长起了翅膀，
那是我们在汉水上修起了铁的桥梁。
茫茫的长江天险再也阻挡不住我们，
几年之后呵，一列列火车还要飞越长江！

在我们居住的小村庄旁，
每天有耕地的牛儿在哞哞叫嚷。
今年的田野上总像有雷声轰鸣，
莫不是谁把汽车开到了田野上？

哪里是汽车行驶在田野上，
那是农场的拖拉机在歌唱。
这是能给咱们多打粮食的宝贝呵，
到将来，农场里的拖拉机多的就像牛一样！

在我们居住的祖国大地上，
勘探队的旗帜到处飘扬。
旷野上建设着新的城市，
江湖海河都在为第一个五年计划歌唱。

这是和平劳动的歌声，
这是六万万人的合唱：
我们一定要建设社会主义，
任你有千万重困难，也不能把我们阻挡！

1955 年冬

# 二进柴达木

## 一

青海湖边立壮志，
昆仑山上擂战鼓。
壮志如虹冲云霄，
鼓声似雷传首都。

遥闻鼓声震心弦，
归心似箭登征途；
难忘心爱聚宝盆，
二次来到柴达木。

## 二

不为游逛不为玩，
单为贺喜进盆地。
一贺标杆立昆仑，
二贺勘探新胜利。

一进盆地开颜笑，
山山尽插跃进旗。
繁荣景象处处是，
干劲似火烧戈壁。

## 三

曾记一九五四年，
初进盆地油砂山。
茫茫千里无人踪，
兽迹遍踏戈壁滩。

事隔四年重来看，
山岭沙漠颜色变。
汽车骆驼遍野跑，
银色城市布满滩。

## 四

愿把盆地当家乡，
年年回家看亲人。
探看亲人献赞歌，
歌颂咱的聚宝盆。

唯愿亲人再加劲，
早日采油千万吨。
柴达木人到处夸，
喜报送上天安门。

1958 年 9 月

# 东西南北任我闯（歌词）

从前，
我是一个扛枪的战士。
那时候年轻力壮，
高唱战歌斗志多昂扬。
为了战胜日本侵略者，
八年冰雪战太行。
以后又消灭反动派，
高举红旗过长江。
红旗到哪里，
哪里就胜利。
不怕它枪林弹雨，
管它高山大河把路挡，
东西南北任我闯。

现在，

我是一个钻井队长。

虽然说两鬓斑白，

身体还像当年一样壮。

为着建设社会主义的祖国，

脱下军服换工装。

建设祖国要石油，

身背钻机走四方。

哪里有石油，

就往哪里去，

不怕它风狂雨暴，

哪管它岩层千尺硬如钢，

东西南北任我闯。

1962 年 1 月

# 天上边有云（歌词）

天上边有云哪，
雾沉沉的月不明。
小路上有人哪，
影影绰绰看不清。
远看一身白衣裳，
就像是一棵直挺挺的白杨钻天行。
一步一步走近了，
猛然瞭见手电筒。
一道白光似闪电，
照的人眼花脸蛋红。
“你还不快点往前走，
没看见夜校里已经点起了大汽灯！”

1962 年 10 月

# 昆仑山狂想曲

翻过大山进盆地，
柴达木果然是异样风光。
遍地是构造遍地油，
大队在油砂山架起篷帐。

油砂山是石油库，
遍山的石头块都在闪光。
顶天立地昆仑山，
巨人般屹立在尕斯湖旁。

尕斯湖水平如镜，
昆仑山的倒影荡漾湖上。
冰雪巍峨昆仑高，
尕斯湖绿如蓝山色湖光。

摆开战线昼夜干，
进盆地如同是上了战场。
一场大战开始了，
柴达木考验着玉门儿郎。

柴达木大队成立了，
杨红志当了大队长。
地质、运输安排好，
春洪管钻井队是他本行。

油砂山下安钻机，
旷野里无人踪昼夜轰响。
地质队山野架帐篷，
小榔头要敲醒戈壁山岗。

万古高山无鸟兽，
地质队把红旗插在山上。
千山万岭红旗飘，
茫茫的戈壁上歌声响亮。

地质、钻探都摆开，
在整个盆地里撒开大网。
茫崖、马海、油泉子，
冷湖和红柳泉摆满战场。

暑热严寒且不顾，
为祖国寻油田哪管热凉！
胜利捷报天天来，
玉门人不辜负祖国希望。

那天登上昆仑山，
东方红太阳升照亮山岗。
气势磅礴山河秀，
望江河奔东海长虹一样。

局长挥舞一只手，
兴奋得不住地环顾四方。
“黄河长江出昆仑，
过龙门穿三峡直奔海洋。

“柴达木是大油海，
它一定要赛过黄河长江！
将来盆地出油了，
修铁路修公路修飞机场。

“昆仑山里宝贝多，
一座山能供上千万工厂。
盆地里要啥就有啥，
就是个聚宝盆也没它强！

“今天安扎帐篷处，
到将来都会是城市工厂。
黄羊野马满滩跑，
比不过我们的千万牛羊。

“河边湖边种庄稼，
搞它个万顷的大型农场。
要种稻子和麦子，
麦浪翻稻花香一片金黄。

“自己打井自己采，
盆地里再办个大炼油厂。
火车汽车拉不尽，
毛主席会批准把油管安装。

“修它几条输油管，
一条北一条南直通长江。
经过兰州通北京，
让首都用汽油像水一样！

“全国农村和工厂，
拖拉机和汽车千百万辆。
要让司机们都记住：
柴达木出的油质高味香。

"现在就你们一队人，
过不了几年后就要变样；
不上千万也有几百万，
柴达木要变成人间天堂。

"小学中学千百所，
到处有红领巾把歌儿唱。
大学、科学研究院，
就修在昆仑下尕斯湖旁。

"尕斯湖畔风景区，
种上它千万棵桃杏白杨。
湖里游艇千百只，
男和女歌对歌荡漾湖上。



"玉门人落户在柴达木，
为建设到哪里都是一样。
决心用自己一双手，
为祖国到处去建设油矿。

"你们是第一批开荒人，
儿孙们不会把你们遗忘。
柴达木人第一代，
让他和玉门人同放光芒！

“社会主义的柴达木，
正在从你们的手上生长。
准备苦战它三五年，
把盆地建设成人间天堂！”

节选自《玉门儿女出征记》

# 油砂山和昆仑山

那一边是昆仑山，
这一边是油砂山，
蓝得透亮的尕斯湖呵，
坐落在两架山中间。



倒影映在湖里边，
昆仑山高过油砂山。
油砂山低昆仑高，
昆仑山把油砂山全遮掩。

油砂山上立井架，
千军万马上了山。
白天欢腾一哇声，
黑夜灯火照满山。

湖中倒影变了样，
油砂山高过昆仑山；
不是油砂山长高了，
石油工人的干劲冲破天。

1958 年秋

# 昆仑山放歌

我站在昆仑山上，
遥望滚滚的黄河长江；
江河像两条飞跃的巨龙，
流过祖国大地，奔向海洋。

我站在昆仑山上，
遥望滔滔的黄河长江；
江河两岸遍插着耀眼的红旗，
六亿人正在迎接共产主义的曙光。

我站在昆仑山上，
遥望愤怒的黄河长江；
江河像两条钢铁的臂膀，
随时准备把侵略者埋葬在海洋。

我站在昆仑山上，
遥望沸腾的黄河长江；
我们的祖国就是插翅的巨人，
江河啊，是它遮天盖日的翅膀！

1958 年秋

# 石油万里从军行

## ——致连长

万千条涓涓细流的大江大河，
哪一条沿着相同的河床流过？
咱们每个人漫长的生活征途呵，
谁没有自己数不尽的坦途坎坷。



什么人一生里走的尽是阳关大道，
谁在襁褓里就有了个人的兴趣爱好；
斗争的需要就是我们无上崇高的志愿，
在战火硝烟里把你我的性格锤炼塑造。

我的老连长呵请你再不要把我来夸奖，
你还不知道我能喝几碗稀饭吃几个馍。
那时候我还比七九步枪差一寸半，

你却说我将来准会长成个傻大个。

论起聪明你比什么人对我更了解，
哪次打靶我不是全连倒数第一名。
还是你建议把我调到连部来当文书，
我那笔歪字害得你苦皱眉眼喊头疼。

抗日根据地发展需要建立新连队，
又是你向团里推荐我去当指导员。
好几次我跑到营部去对你哭鼻子，
你扶正了我的军帽严肃地同我谈：

“什么人天生的就会当指挥员，
谁从娘肚子生来就能扛枪打仗？
我这个大别山的泥腿子放牛娃，
啥时候曾想到过今天要我当营长？

“党需要你干什么不懂就去学习，
战场上闯几趟自然就有了经验。”
帮我扣好了风纪扣你送我回连队：
“快擦干眼泪花莫让战士瞧见。”

事隔多少年我还记着你的这些话语，
千里征途上它给了我力量和勇气。

到后来我调离部队回到后方延安，
党分配我当小学教员、报纸编辑。

你知道我在部队上就喜欢文艺爱看小说，
这时候遇到些动心的事儿就想写写画画。
若不是一个偶然的原因使我走了另一条路，
我也许成了个新闻记者或是蹩脚的小说家。

像你一样陆地下海当了舰长，
解放后从武变文我也改了行。
说得对呀咱们都是打着鸭子上了架，
既然是党的需要就干一行来爱一行。

你问我为什么
从大城市一翅膀飞到戈壁滩？
我的好连长呵
你这个百战老将真会抓关键。
这可是关系到
我生活道路的一个重要决定——
我又投入了
建设祖国的一支挺进纵队的行列间。

原来光想着写作品就要熟悉生活，
我打算重新回到三边的沙漠老窝。

“最熟悉的不等于最有意义的。”
有一位尊敬的同志恳挚地开导我。

一句话擦亮眼睛点燃了心中的灯，
一句话端正了我一生的生活航程。
是他劝告我背上背包到玉门油矿去，
勇敢地当一名石油工业的小学徒工。

开头我还只是囫囵吞枣地咽下去，
像奔马路途越远越尝到其味无穷；
社会主义新社会不能靠二牛抬杠来建设，
就像是保卫祖国要建立海军空军新军种。

石油是工业血液动力的重要源泉，
大建设如饥似渴急需它快马加鞭。
那时这还是一支几千人的小部队，
根据地安扎在嘉峪关外的戈壁滩。

伟大领袖巨手挥笔发号令，
把一个英雄师投入石油战线。
展开攻势布下了天罗地网，
从天山延伸到千里的黄土高原。

祁连山上的雪呵戈壁滩的风，
巍峨的昆仑山尕斯湖里的冰。
茫茫的克拉玛依井架密如林，
柴达木搭起了白色的帐篷城。

钻台上尽是英雄的兵和将，
赛过了咱们当年鏖战太行。
昔日的玉门油娃子个个是打井能手，
多少个“黄师傅”当上了钻井队长。

我这个青年战士经受着新考验，
生活在石油工人中越活越年轻。
采油树下说不尽的家常话，
钻台上结下的友谊深又重。



老羊皮袄不分你和我，
帐篷里卷起马合烟聊到天明。
喜忧与共苦甜不分家，
哪颗心不随着一个转速转动。

有些人满脑袋“贫油论”，
死抱着发霉的洋书旧框框寸步难行。
祖国需要石油急如星火，
他们却说这里希望不大那个构造不成。

工人们浑身冒汗昼夜睡不着觉，
那顶石油落后帽子总也摘不掉。
我的连长呵，你不知道我们那时的焦急心情，
兄弟部队早已打响，我们却被缠着前进不了。

恨不得把江河水变石油，
横了心要使祖国石油工业大翻身。
各油田选派标杆队会战四川，
力争上游大会战，扬眉吐气大进军。

战罢了川中转战到玉门，
克拉玛依摆擂台激战犹酣。
标杆钻井队并排比着打，
为祖国献石油人人争向前。

我的心随着水泵一起跳，
我的心跟着转盘一块转。
铁了心要在石油大军里锻炼成钢，
一辈子永做石油工人的宣传员。

石油城里大动员，
玉门的儿女们出征上阵。
全国凡有石油处，
就有咱石油基地玉门人。

茂名的竹棚宿舍前，
川中的稻田井架边。
大连的炼塔控制室，
一声“老李”暖流传心间。

每见到玉门人分外亲，
到了油田就像是踏进家门。
为他们写来为他们唱，
为他们喊哑喉咙死也甘心。

忘不了我们好师傅老队长，
忘不了艰难的 1960 年。
赫鲁晓夫背信弃义卡脖子，
一夜间撤走专家切断油源。



眼看着公共汽车上的煤气包，
他站在天安门广场上脸发红。
这一个钻穿过天山昆仑的钢铁硬汉，
第一次在人们面前惭愧地垂头在胸。

额头上添皱纹深似海，
紧攥着拳头二目圆睁：
“我就不信石油落后帽子摘不掉，
看起来搞石油就得革命加拼命！”

这时候大庆会战序幕正展开，
一个扭转乾坤的宏伟计划正在实行。
全国的精兵强将星夜奔战场，
千军万马云集荒原展开战略总进攻。

集中优势兵力打了个威武雄壮的歼灭战，
彻底地把石油落后帽子扔进东洋大海中。
历史家将要为大庆石油大会战作出公正评价：
改变了工业面貌推进了社会主义建设总进程。

大庆会战是毛泽东思想的伟大胜利，
锻炼出一支过硬的钢铁队伍能打能冲。
人民不会忘记她万千个优秀的儿女，
石油工人不愧是祖国的骄傲民族精英。

这一些在小说电影里你都看到过，
那上边比我说的又详细来又生动。
我的老连长呵
就是这些名垂青史的英雄将，
“文化大革命”中
被人打成“修正主义的黑标兵”。

好连长那些时候我的遭遇你都知道，
我成了个同石油队伍失掉联系的兵。

你该知道掉队的战士心里是啥滋味，
何况是眼看着自己的部队正受围攻。

一条大江南北岸，
想着容易见着难。
风吹竹梢我想井架，
稻田里插秧想油田。

我那天正下田去劳动，
广播里传来了一声惊雷响。
两眼发呆肠断心儿碎，
我的好师傅呵我的好队长……

战场上多少回痛悼战友，
这一回却使我悲愤欲狂；
早听说他被黑鬼们折磨病，
想不到这竟使他过早死亡！

倒身在田埂上我向北望，
那一口玉门话响彻耳旁。
青草湾一号井开钻时，
我们俩相识在井场上。

他教我怎样戴铝盔，
他教我怎样平井场。
“不戴铝盔不准上钻台”，
这句话多少年我牢记心上。

每一次回玉门我都去看望他，
哪一场大会战我都把他打听。
参加大庆会战路过北京时，
他托人捎话催我赶快起程。

第一个战役可惜我没有赶上，
第二场攻坚战我才随队冲锋。
那时候他的英雄事迹早已传遍战区，
谁不知道这个钢铸铁打的红旗标兵。

论季节秋分刚过寒露还未到，
草原秋天短阵阵寒风刺骨冷。
战场上相见你不知道那个热火劲，
他特意煮筒罐头小米饭把我欢迎。

钻工们昼夜在钻台上不下阵，
草原上的寒风赛过了戈壁滩。
茫茫的大荒原成了一个大冰箱，
部长和工人们还住在牛棚马圈。

一夜我头枕草袋被冻醒，
从哪儿传来了咚咚声响。
顺着响声我摸黑走过去看，
老队长浑身冒汗正在打夯。

“几昼夜你没有离刹把，
黑更半夜又把什么瞎鼓捣？”
“眼看着寒冬天就要到，
总不能让同志们睡在冰窖。”

披上棉衣他对我悄声讲，
他愁着会战大军怎样过冬天。
能不能站稳脚跟继续打下去，
这成了会战成败的关键。



“小时在玉门老家戈壁上，
穷苦人家盖不起砖瓦暖房。
戈壁滩有的是黄沙泥土，
用沙土干打垒赛过砖墙。

“这些天我抽空在搞试验，
你看这草原土照样打墙。”
正说着电话铃声叮叮响，
指挥部有事情找他商量。

几天后会战指挥部发号召，
全战区展开了干打垒运动。
自己打井自己盖干打垒，
又避风又挡寒省料省工。

会战开始他一天也没休息，
就是个铁铸的人也要累垮。
指挥部下命令同志们劝，
他那股倔劲谁也没办法。

副指挥知道我俩是玉门的老伙伴，
把我们调到招待所同住一个房间。
明的是要我帮助他整理材料写总结，
实际是变个法儿让他好好休息几天。

指挥部的命令他不好违抗，
他每天像是热锅上的蚂蚁到处转。
像一头关进铁笼的下山虎，
一会给井上打电话一会又找人谈。

他虽是我的师傅老熟人，
这些年转战东西很少碰面。
白天我随他一起各处转，
到夜晚肩并肩把心事交谈。

一盏灯下说不尽的话，
他对我悄悄地吐露心愿：
为人民当一辈子老黄牛，
拿钻头当犁头耕耘油田。

真该死呵我这时才发现，
他只穿着一件棉工衣坐在我面前。
禁不住我的眼泪哗哗流，
好连长，这正是刺骨寒冬数九天！

含着泪脱下老羊皮，
我亲手替他披上肩。
他嘿嘿笑着告诉我，
他那件老羊皮留给了值班司钻。



这样的人你真是拿他没有办法，
他永远惦记着别人的饥饱冷暖。
哪顿饭他不是饿着肚子少咽半碗高粱米，
哪一天他不是憋着烟瘾少抽几根自卷烟。

临离队他还挨门去检查干打垒，
见了个指头大的风洞他就堵起来。
嫌学校火炉小他发了场大脾气，
教室不暖冻坏工人孩子谁们负责！

不要看他上钻台就甩开膀子接连几天几夜干，
不要看他心里边除了打井把什么都忘在一旁；
不要看他肩扛钻机打成大庆油田第一口光荣井，
不要看他身披红花部长亲自牵马人人敬仰；

不要看他那双铁拳又狠又猛打了上百口井，
不要看他紧握刹把大吼一声能使花岗岩变成泥巴。
他还像我们在玉门初相识时那个憨厚朴实样，
这时候他正皱着眉头摸着又黄又粗的胡子茬：

“老李呵，这几天我过得实在不称心，
我知道领导们分明是借故叫我来休养。
会战刚打了个半截子还有多少事要干，
多少个老司钻三过玉门还没回家望望。

“还有几个新来的学徒工学习没铅笔，
石油工业大发展就要靠这群青年娃娃。
最使我放心不下的是家属生产队，
不知道是否安排人帮她们收割庄稼。

“虽然是这次会战使咱石油过了关，
可还有多少个工厂停产多少万人在挨饿……
我们党和国家的灾难还没有渡过去，
我心里老是在捉摸着毛主席周总理现在想什么？”

对着他谁不感到自己平凡渺小，
想写他总恨着笔头钝词汇太少。
多少回在梦里又跟着他上井场，
一闻到汽油味就想起他的面貌。

好连长呵，这样的人不该去世得这么早，
不是黑鬼们刮黑风他应该再活五十年；
不是那腥风血雨乌云翻滚把天地搅乱，
这些年我们又会拿下了多少个大油田！

灾难像狂扑来的怒海惊涛，
石油工人顶着逆风展开一场又一场大会战。
我像只被捆着翅膀的海燕，
焦心地遥望着在暴风雨里英勇进击的伙伴。



侥幸从魔爪下奔逃回帐篷，
多少双油黑的手把我欢迎。
笑眼里含着滚烫的眼泪花，
多少颗战友的心为我庆幸。

恨不得一晚上补足十年课，
恨不得一分钟当作一年用。
脚踩淤泥黄河口孤岛访战友，
跋涉千里松辽平原上探新井。

大庆新区狂风撕裂帐篷度长夜，
西北沙原飞沙走石吃午饭开电灯。
最难忘悲愤鏖战华北平原日，
愤怒的油柱冲天呼啸斗妖风。

真理被黑手禁锢人民横遭凌辱摧残，
光明同黑暗搏斗祖国面临万丈深渊。
石油工人用万千座
井架采油树支撑着社会主义巨厦，
横贯大地的输油管道
维系着祖国母亲的血液循环。

看在眼里记在心，
忍不住放歌唱亲人。
字字句句伴热泪，
一行行诗句诉悲愤。

两行热泪肚里流，
一把铁锁挂嘴唇；
歌只敢对知心战友唱，
诗就能在帐篷深处吟。

长夜漫漫难安睡，
病床上跳动着破碎的心。

大庆的战友送药来，
玉门的同志遥相问。

华北平原捷报传病房，
心儿飞到会战前线上。
输液管道滴滴淌诗句，
氧气筒赛火箭炮连发放。

好同志呵好连长，
那时候乌云遮太阳。
诗篇开头难煞尾，
断句残篇不成章。

感谢呵，感谢，
八亿双铁拳粉碎了“四人帮”。
伟大的人民胜利了，
祖国从灾难中重获解放。

雄赳赳的石油大军向前进，
百万石油工人歌声最响亮。
向着现代化迈步新长征，
战戈壁战沙漠鏖战海洋。

石油歌手喜欲狂，
粗喉咙哑嗓参加大合唱。
喜笑怒骂抱病写新篇，
哪容得推敲捉摸细思量。

挺身举目望四方，
北起大庆南海洋。
东望渤海西天山，
昆仑山下摆战场。

病中遥望大军行，
心似油煎难出征。
千里寄语战友们，
新长征路上立新功。

亲爱的连长请你相信，
我永远是石油大军的一个兵。
就是在心脏停止跳动时，
也将是人有尽时曲未终！

1978年12月

# 幸福的钥匙

在老远老远的
年代以前，
荒凉的祁连山里，
还没有人烟。

懒惰的野猪
整日在山顶上睡觉，
成群的野马
在深山沟里游玩。

那时候，祁连山下
住着一个穷苦的人家。
一家共有三口人——
一个母亲和兄弟俩。

他们的父亲
已经离开了人世，
年老的母亲
也老得满头白发。

他们的家
在那荒凉的祁连山下，
陪伴他们的
有两匹忠心的老马。

每天早上
太阳爬上了山峰，
妈妈就轻轻地
把他们叫醒。

锅里早已煮好了
喷香的兽肉。
吃完了早饭
妈妈就送他们起程。

弟弟到戈壁滩上
去刨挖草根，
哥哥骑着老马
去追打黄羊野马。

妈妈用草根
煮熟了野马的肉；
妈妈用慈爱
抚育着他们兄弟俩。

他们的生活
虽然困难，
但是却过得
十分快乐。

可是，有一件事，
苦恼着他们的心，
这就像蓝天上
悬挂着一片乌云。

年长的哥哥
常为它紧锁眉头，
老妈妈为了它
夜半呻吟。

儿子不愿让妈妈
看出自己的心事；
妈妈也怕儿子
猜出了她的忧心。

妈妈没有瞒过儿子，
儿子也没有瞒过母亲；
——都是亲人嘛，
谁还能够瞒过谁的心。

原来是
他们的父亲，
临死的时候，
留下了一个遗言：

说他有一个
没有实现的志愿，
要他的儿子们
把他放下的担子承担。

说是在
头顶着天的祁连山里，
有一个
比海还要大的油田。

油海里装满了
黑色的石油；
有了这种油，
就能使人间得到幸福。

油海藏在
几百丈深的岩石底下，
多少年以来，
没有人发现过它。

谁要是能把油海
引到地面，
那就会把人世间
变成乐园。

想要找见油海，
可也并不困难，
它有一把钥匙，
藏在祁连山里边。



为了寻找这一把
幸福的钥匙，
多少人都把它
当作终身的志愿。

多少人被虎狼
咬伤了手脚；
多少人进了山
永不回还。

父亲临死的那一天，
把兄弟俩叫到床前。
说他已经知道钥匙的地方，
它就在一条小河边。

小河在群山丛里，
河两岸是万丈高山。
小河接连着油海，
颗颗油珠浮在水面。

谁要是想走近
这条小河，
他就应当
比猛虎更加勇敢；

谁要是想走近
这条小河，
他就得克服
像山一样大的困难。

父亲要他们
长大的时候，
进到祁连山里，
去把幸福的钥匙寻找。

因为弟弟年纪还小，
还不能把这个担子承担，
哥哥悄悄地下了决心，
一定要把父亲的夙愿实现。

那时候
他的年纪还小，
他还没有力量
进山奔跑。

父亲已经死了
整整十年，
父亲的话
他却一直记在心间。



但是，他却从来没有
说过这件事；
他舍不得妈妈，
他怕妈妈心酸。

他知道，进祁连山
并不是骑马游玩，
他听说虎狼
曾经咬死过他的祖先。

他知道，想要走近
那条没有名字的小河，
那将会碰到
一千只虎狼一万道难关。

他并不是
害怕困难，
他是忧虑着
老母亲没人照管。

现在，是时候了，
弟弟已经长大了；
他也等到了
再也不能忍耐的这一天。

他狠着心
正要说出自己的心事，
妈妈的话，
却抢在了他的前边：

“我的好孩子，
不要说了，
妈妈早有心
送你进山。

“为了实现
你父亲的志愿，
为了使幸福
早日来到人间。

“就像你的父亲
那样勇敢去吧，
家里的事
你一点也不要挂牵。

“妈妈等你到
天上出现第十二颗圆月亮，
妈妈等你到
明年的今天。”



老妈妈给他
装满了干粮，
牵着那匹老马
站在门旁。

老马曾经跟着父亲
进过祁连山，
一家人都对它
抱着希望。

告别了弟弟，
告别了妈妈，
他头也不回地
走向远方。

过去了一个黑夜，
接着又是一个白天。
春风把草叶吹绿了，
雪花又把草根漫。

月亮呵，
第十二次缺了又圆，
太阳呵，
第三百六十次爬上高山。

这一天呵，
妈妈伤心地哭了，
她把小儿子
紧紧抱在胸前。

“为了那一把
幸福的钥匙，
你的父亲
已经丧失了生命；

“现在看起来
你的哥哥也回不来了；
我的孩子呵，
幸福的代价竟是这么重！”

“亲爱的妈妈
不要伤心，
我们这一家
注定是寻找幸福的人。

“已经开了头的路，
就一定要走到底；
我求你答应我
去把幸福找寻。”



妈妈把眼泪
咽到肚子里，
妈妈把牙齿
咬得吱吱响。

她从马槽上
牵出了第二匹老马，
她从锅里
取出了上路的干粮。

“就像你的父亲
那样勇敢去吧，
做一个像你哥哥那样的
英雄儿郎。

“就是祁连山倒了，
妈妈也要等你；
找不到幸福的钥匙，
你就不要回家乡！”

儿子再没有
说一句话，
一闪身跳上了
瘦弱的老马。

马蹄下翻起了
朵朵的烟尘，
一股疾风
冲向祁连山下。

祁连山哪祁连山，
祁连山高顶着天。
山里的宝贝多又多，
任你怎样也数不全。

闪着金光的
是那贵重的金子，
比石头还要多的
是那黑色的煤炭。

五彩鲜艳的宝石，
堆成一座座小山。
条条山谷里都有宝贝，
幸福的钥匙就在山中间。

山里边，没有大路
也没有小路，
有的是陡峭的山峰
万丈深涧。



不论是春天
还是夏天，
漫天的冰雪
永远盖着祁连山。

成千匹野马
在山沟里奔跑，
什么时候都会有
野狼出现。

就是在夏天
也会突然飘起雪花，
漫天的大风沙
能把白昼变成夜间。

翻过了数不清的山岭，
忍受了数不清的艰难，
冒着大风大雪，
他终于来到了那条小河边。

大风雪呵，
吹得他睁不开眼睛，
严寒把土块
冻得像铁石一般。

冷风吹透了
他单薄的衣裳，
饥饿的肠子
在肚子里不住打转。

他多么想看一看
冰下的流水呵，
他多么想知道
是不是有油珠浮在水面。

严寒为什么
偏偏和他作对，
——厚厚的冰块
把河床密密盖满。

他用石头敲打冰块，
马用前蹄刨挖河面。
任你怎样敲打刨挖，
总难得把流水看上一眼。

“马儿呵，
用劲地刨吧，
哪怕你的前蹄流血，
我的手指磨断；

“只要能够找到
幸福的钥匙，
我们就是冻死
也甘心情愿。”

他脱下身上的衣裳，
想用身体把冰块暖化。
马儿也卧在冰上，
两只前蹄不住刨挖。

谁知道
他在冰上睡了多久，
谁知道
马儿怎样停止刨挖。

他只记得
雪花对他微笑，
他只记得
狂风和他吵架。

雪花说：
“亲爱的孩子，
你还是
早些回家去吧。”

狂风说：
“就凭你这点小火星，
怎么能够把
厚厚的冰块暖化！”

他气得脸皮发青，
他气得牙齿打架：
“为了寻找幸福的钥匙，
任你雪山冰河我也不怕！”

一转身
他跳进了一个大湖，
这湖水
比香油还要光滑。

湖水里
冒着扑鼻的香气，
水面上翻滚着
美丽的浪花。

他游到大湖岸边，
他见到了自己的妈妈。
他正要说：“我找到了幸福……”
忽然听见有人在喊叫他。



一个老伯伯，
一个小姑娘。
老伯伯站在他的身边，
小姑娘正在喂他米汤。

“快看哪，
你看他醒过来了！
爷爷呵，
你快把炉火烧旺。”

“我怎么会
来到这里？
你们这儿
是什么地方？”

老伯伯
只是对他微笑，
小姑娘
也没有回答他的问话。

他看出来了
这是一个山洞。
呜呜的狂风
在外边死命地刮。

过了许久
老伯伯才告诉他：
是他们爷孙俩
在风雪中把他救活。

他的那匹马儿
早被严寒冻僵了，
马的两只前蹄
深深陷在冰里。

他已经恢复了健康，
能够下地走动，
老伯伯这才把过去的事
说给他听：

“去年冬天
也正是这样的天气，
也有一个青年人
来到这里。

“他也光着身子躺在冰上，
他也拉着一匹老马。
看起来，你们两个
就像是亲兄弟俩。



“可惜那一天
我们没有出去。
第二天发现时
他已经断了气。

“他的那匹马
也和你的一样，
两只前蹄
深深陷在冰里。

"勇敢的孩子
我知道你们，
我和你们的父亲
一路进过山。

"你们是来寻找
幸福的钥匙，
我这一辈子
也在找那宝贵的油田。

"为了赶走
贫穷——这个恶魔，
为了让所有的人
幸福快乐。

"你们家贡献了
父亲、哥哥，
我们一家人，
也只留下了我们爷孙两个。

"你就跟我们
一起住下来吧，
幸福的钥匙
就在这小河边。

“等到风雪退去
春天来到，
就会有许多人
前来探宝。”

他就在山洞里
住了下来，
那儿有柔软的铺草
抵御严寒。

小姑娘唱着
动听的歌儿，
老伯伯告诉他
怎样寻找油田。

老伯伯的每句话
都打动了他的心。
他开始懂得了
怎样才是一个勇敢的人。

谁想为人们寻找幸福，
他就不能光靠勇敢；
为了实现这个志愿，
就得经受劳动的磨炼。

春天悄悄来到
山野间冰化雪消。
小河里流着浑浊的雪水，
一群群黄羊在戈壁上奔跑。

老伯伯有许多朋友，
他们都是些神奇的人，
不怕忍饥挨饿，
到处把幸福的种子找寻。

他们一年到头
都在大风雪中奔波。
为人间寻找幸福
这就是他们最大的快乐。

他们每一个人
都有一双智慧的眼，
能够看到地底下的黄金，
也看到石头下边的煤炭。

他们每一个人
都有一双万能的手，
能够钻穿岩石高山，
也能够挖出宝贵的石油。

他们拉来了一队骆驼，
驼峰上驮着钻机。
就在老伯伯的山洞对面，
把打油井的井架安起。

老伯伯带着他
也参加了劳动。
荒凉的祁连山里
响起了欢快的歌声。

钻机的响声
惊走了飞鸟。
成群的野马
也被吓得四下奔跑。



好奇的黄羊
躲在山背后偷听。
野狼蹲在山顶上
夜夜不住气地嗥鸣。

珍奇的油海
在千百尺的岩层底下，
要把祁连山钻透
才能找得到它。

钻穿岩石，
钻透高山，
涌泉似的石油
喷出地面。

油井打一口又一口，
石油就像喷泉般。
千人流血汗万人盼，
幸福的钥匙到人间。

听说打出了石油，
听说找到了幸福，
消息好比一阵风，
老爷们耳朵发痒眼发红。

老爷们有钱，
老爷们有兵，
一口口油井
落进了他们手中。

原说是有了石油
就有了幸福；
幸福的钥匙
却被老爷们霸占住。

口口油井
昼夜喷流石油，
条条黄金
都被老爷们抢走。

工人们住地洞，
老爷们住大楼。
受尽了辛苦流尽了汗，
生活过得像猪狗。

吃的是
发霉的糟米糠团。
腊月天
还穿着破衣单衫。



昼夜干活
把人都要累死，
人们都像是
判了死刑的囚犯。

你为什么来到油矿，
我为什么受冻受苦？
都是为了那把幸福的钥匙，
都是为了给人间创造幸福。

忍着心痛
打断了井架，
含着眼泪
把油井关掉。

不是我们不爱这
黑色的金子，
是为了不让老爷们
把幸福的钥匙抢跑。

那时候
祁连山雾气腾腾，
老爷们把咱工人
当成畜生。

听说咱工人们
要夺回幸福的钥匙，
调来了好几营
带枪的兵。

刺刀对准你的胸口，
井地变成了火线。
他就在这人间地狱里，
劳动、斗争了整整七年。

七年的日子，
不能算短；
他呀，日夜在想
哪一天才能和妈妈见面。

恰恰在这个时候
太阳露出了地面；
毛主席派来的队伍
开进了祁连山。

就像小时候
妈妈讲的神仙故事那样：
一下子春天没有了风沙，
冬天也变得温暖。

小河似的石油
从地下涌流出来；
只有到这时候
油海才成了幸福的泉源。

公路上行走着
千百辆汽车。
拖拉机在田野上
往来奔忙。

一队队飞机
保卫着祖国的天空。
工厂的机器
在轰轰地响。

这一切
都是因为有了石油，
这一切
都是石油的力量。

我们有了
像大海似的石油，
祖国就能够富强，
我们就有了幸福。

幸福的钥匙
终于来到了人间，
他终于看到了
人间正在变成乐园。

这时候，他多么想
回家去对妈妈说：
“你的儿子
没有辜负你的希望。”

老妈妈，一直在
盼望着自己的儿子，
她相信，给人们
寻找幸福的人一定成功。

可是，八年的时光
悄悄溜走了，
她的儿子
却还是没有一点踪影。

戈壁上的狂风
没有带来过消息，
山上的飞雪
也没有把口信来传。

换一个什么人
都会绝望了，
她却还是
天天望着祁连山。

她的头发
早已白得像雪一样，
她的眼睛
永不停歇地向远处张望。

那一天
妈妈又在门口眺望，
从戈壁滩
一直望到祁连山上。

妈妈望着祁连山的脚，
妈妈望着大戈壁的边，
那是什么呀——
她看见了一个针尖大的小黑点。

该不是一匹野马？
该不是一只黄羊？
该不是儿子回来了？
她真想生起翅膀去望望。

不要着急了，
他正走向这边。
他不是野马，也不是黄羊，
那是你亲爱的儿子胜利回还。

她飞跑上去
迎接自己的儿子，
儿子把头
埋在她的怀中间。……

这以后，他们就离开了这里，
人们再也没有看见过他们。
有人说他和许多勇敢的孩子，
又去把新的幸福钥匙找寻。

1954 年 7 月初稿

1955 年 11 月修改

# 戈壁旅伴

生活中戏剧性的巧遇，在每个人的经历中都是可以遇到的。但我敢说，像我和我现在所要对你讲的这位旅伴的巧遇，恐怕连那些生活经历最丰富的人也很少遇到过。我曾经给好几个同志讲过这段故事，谁听了都说，真想不到，生活里竟有这样碰巧的事！

论起我和我的这位旅伴的关系，真是“说来话长”。我们两个的经历，就像藤和树那样，长久地纠缠在一起；但是，彼此却没有见过面。假若不是那一次我们同进柴达木盆地，在大戈壁上的旅行途中意外地相识了，我真不知道这个谜要等到哪年哪月才能猜破。

现在就让我从头讲起吧。不过，我请求你放耐心些。因为这个故事拖拖拉拉，经过了二三十年的时间，再巧的嘴一下也讲不完。

# 一

这个故事先要从我讲起。

我的经历你是知道的。我是 1942 年冬天从太行山到陕甘宁边区的。在延安住了不到两个月，就被分配到三边一个老城里的完全小学当教员。这可真是一个理想的工作岗位，一直到今天，我还以留恋的心情回味着这一段生活。

我所在的这个县，是陕北土地革命时的老苏区。这个半似城镇，半如乡村的县城，本身就是一座再好不过的革命历史博物馆。我说它是一座现成的博物馆，不只是因为那残破不堪的城墙、城中心破旧的钟楼、许多倒塌的民房断墙上的斑斑弹痕；比这些更重要的，是那些干部、农民，和我的那些有的比我还大一两岁的学生们，他们不但是历次革命战争的目击者，其中不少人还是当年的红军战士、指挥员，或者是手持梭镖、红缨枪的赤卫队和少先队员。他们现在还能够记得他是在哪一个城垛上用马刀砍倒了两个白军，他受伤时隐藏在哪一家老乡的炕角上，他的血是怎样从浸透了的炕席上流到和炕连在一起的锅台里。



在课余时间和假日里，我对两件事情最感兴趣。第一件事情是和学生们一起在城墙上乱跑。我的这些学生们，年龄大些的，不少都是当时在衣服上缝着红布条的少先队员。就是那些年纪较小的，也从他们父兄那里听说过许多革命战争故事。他们引我到半山上的城墙高处，对我指点着红军最先从哪里爬上城墙，白军在哪个炮楼中死守。他们讲得生动又逼真。你说，在哪个博物馆里，能够找到像他们这样的讲解员呢？

第二件事情是每天晚饭后，或是在晚上下了自习以后和一群群的学生们一起，听他们唱土地革命时期的民歌，讲土地革命时期的革命历史故事。讲故事时，常常是一个人刚刚讲完，接着就会有好几个人补充、纠正。一个故事往往有好几个结尾，这个说是他亲眼看见的；那个又会说是他哥哥亲口对他说的。他们常常争得相持不下。唱民歌更是热闹。一个人开了头，大家就都接唱了起来。当唱到歌颂红军胜利的歌曲时，歌声激昂奋发，真使你感到像是置身在千军万马的进军行列中；而当唱起那些在白色恐怖笼罩下，人们过着被侮辱、被压榨的日子，日日夜夜怀念着红军，思念着他们在红军里的亲人时，竟又是那样哀怨缠绵，充满着期待和希望。我的这些纯真的歌唱者们，用他们脸上颗颗滚烫的泪珠告诉我，这哪里是什么歌呀，这实在是他们苦难的童年时代他们自己和他们的母亲、姐姐们心灵深处的声音！我的一个同事——另一位小学教员，他拉得一手好胡琴。一遇到这种时候，他总是一个积极的伴奏者。歌声、琴声，常常吸引着那些夜半从学校门口过路的人。那是多么使人迷醉的夜晚。



就像你已经知道的，这些民歌和故事，我都整理记录了下来。这十多年来，每遇空闲，我常爱翻读这些笔记。它使我又记起我的那些可敬可爱的学生们，更使我从这些生动的革命历史描述中获得一种新的生活力量。

由于一个极为偶然的原因，使我对我所听到的这些故事中的一个名叫杨高的小红军的故事特别喜爱。

说是当时红军里有一个“红小鬼”。这小家伙自小死了爹娘，没人收没人养，一年到头从东庄到西庄讨饭。他不知道自己的姓，不知道自己的名，连自己是哪乡哪村人也说不上来。乡下的那些善心的人们觉着他可怜，每逢他来村上讨饭，不论自己家怎么困难，总要想办法稠的稀的给他一碗。不知是谁，看他像个孤零零的小羊羔似的，就喊他“羊羔”。谁都不觉着这个缺爹没娘的娃可怜，加上“羊羔”这个名字叫起来也挺亲热，于是就都叫开了。日子久了，不知不觉间这就成了他的名字。

他给地主放过羊，也给说书瞎子牵过拐棍。说起来，他什么苦也吃过，什么罪也受过。兴起红军的那年他才是个十来岁的小娃娃。一天，他正在村里讨饭，碰上一连红军从村边过路。他一听说是红军来了，就把他那个烂碗朝地上一摔，撩下那根打狗的刺荆条棍，披上烂毡片就往村边的大路上跑。见了红军的连长，就拉着人家的衣裳死活要参加红军。连长、指导员都说他年纪太小，连步枪都比他高一截，劝他再过几年等长大了再来。长说短说怎么也不行。最后他竟睡倒在大路上，哭着滚着口口声声说要当红军。连长没办法，见他虽然又瘦又小，却倒聪明伶俐，手脚也挺利索，就把他收了下来。这以后他成了红军的通讯员。



名字呢？当了红军总不能再叫那个没名没姓的“羊羔”了吧？知道了他自小就死了爹娘，没亲没邻，实在难以查访出他的真名实姓，指导员就让文书在战士名册上，按着羊羔的字音给他改成“杨高”。不过战士们却还是亲热地“咩、咩、咩”的喊他“羊羔”。行军出发时，打仗回来时，假若他去送信了大家没见到他，就都关切地嚷着：“羊羔呢？可不要把咱们的羊羔丢了！”

1935 年端阳节的前几天，红军决定要打靖边城。连长派杨高跟着一个班长、几个战士一块儿到各乡去送信，调各地赤卫队配合红军作战。

他们没明没夜地从这个乡跑到那个乡。为了避开敌人的耳目，不敢走大路，净找荒山小路翻沟越岭走。端阳节的头一天上午，他们刚从沙漠里走出来，一不小心撞上了一支地方团队的巡乡骑兵。双方就在沙梁上开了火。敌人多他们人少；敌人是骑兵他们是步兵；敌人吃得酒足饭饱，他们在沙漠里走了一天多，不要说饭，连口水也没有喝上，这个仗怎么打他们也占不了便宜。开头他们还想互相轮换掩护着找一条退路把敌人闪下一走了事，谁知道敌人见他们只有几个人，就从四面八方把他们包围起来想活捉他们。班长看见退不下去，就命令他们在沙梁上用手挖工事坚持和敌人打。敌人见他们顽强抵抗，就改变了活捉的主意，用密集的炮火向他们的沙梁工事进攻。一次冲锋被打退了又一次冲上来，沙滩上连人带马死了一片。咱们红军呢，七个人只剩下班长和杨高，班长的头上还受了重伤。最要命的是他们都没有子弹了。班长把杨高叫到跟前，从衬衣口袋里把那包已被血浸红的文件取出来交给杨高，说："就是咱们全都牺牲了也不要紧，要紧的是这一包文件。敌人要是得到了，咱们红军可要吃大亏。现在趁我还有一口气，我用这颗手榴弹掩护你把文件带出去。记住，死也不要让它落到敌人手里！"话音还没有落地，敌人的马队又冲了过来。班长死命地推了他一把，就跳起来返身迎着敌人冲过去。杨高还没顾上喊叫，就听见"轰"的一声，黄沙、烟尘冒了几丈高……

敌人退下去了，班长血肉模糊地倒在沙梁的山坡上。杨高装好了文件，看了看压山的太阳，机警地沿着沙梁的背阴坡，一口气跑了半里多远。等到敌人又冲上沙梁搜索时，他已经跑下沙梁，隐身在一条长满芨芨草的小沟里了。不顾浑身上下蒺藜的刺疼，他滚着、爬着，终于远远地离开了打仗的地方。跑呀，跑呀，他自己也不知道究竟跑了多远。实在跑不动了，他正想趴在沙窝里喘口气时，远远地传来了马蹄声。怎么办呢？他身上还有一颗手榴弹，假若不是这一包文件，他可真不愿意让敌人像撵兔子似的追呀追的。现在不行啊，得把文件带出去。

马蹄声越来越近，他着急正要去拉手榴弹的拉火线，突然在他前面沙梁的棱线上出现了一大群羊。落山的太阳把这些羊映照得满身金黄。多么亲切可爱的羊群！看见了羊群，他身上又有了力量。顺着阴暗的山坡，他敏捷得像个猴子，几个箭步一下钻到羊群里。就像是早就商量好了，放羊老汉假装拾土块赶羊，一弯身故意使背上的老羊皮袄滑落在沙地上。杨高翻披上老羊皮袄，弓着身子在群羊的“咩咩”叫声中，不慌不忙地随着羊群的碎步向沙梁后边走去。

两个骑马的白军向放羊老汉吆喝了几声。放羊老汉装聋作哑地支吾着说他什么也没有见。这两个傻瓜拉转马头向另一条路追去。



第二天正是五月端阳节。杨高走了一夜，天快明时跑到一个村子里。这个村子原是游击区，红军、白军平时都常从这里过路，可谁也没有在这里驻扎过。这几天白军听到消息说，红军的宣传员要在五月端阳节的这一天到村上来宣传。一连白军天麻麻亮时就围了村子。杨高一进村就被白军哨兵发现了，一声口令还没有落地，跟着就是一枪。杨高扭头就往回跑，没跑上几步又碰上了敌人。他发现前后左右都没有路走，就从路边的一道土院墙上跳了进去。这个家里只有一个四十多岁的女人和一个七八岁的小姑娘。知道他是个小红军，这个女人就情急智生地让他躺到炕上，盖上被子，和她的还正在炕上睡觉的小姑娘并排睡在一起。杨高刚脱鞋上炕，白军就咚咚敲门。这个女人正想嘱咐几句话，不料想卖脑（指亡命之徒）的白军们已经推开了大门进到院里。女主人把他那顶绣着红布五角星的军帽往炕洞里一撩，返身迎着白军说："没明没夜，连个端阳节也不叫人安生。"

"不要胡说，快把你窝藏的共产党交出来！"

"我的天哪，我们这孤儿寡妇，连口苦菜水也喝不上，哪还顾得上管那些闲事。搜吧，查吧，除了我们一家三口人，再多一个，你们就把我拉去剐了也成！"

几个气势汹汹的强盗在窑里翻箱倒柜，搜了一阵什么也没找见。一个强盗自言自语地说："明明看见那个小共匪从这里跑过去，怎么一转眼就找不见了？"他一转身看见睡在炕上的杨高，就大声吼叫："这是你的什么人？"

女主人接口就答应说："什么人，就是我这苦命寡妇的两棵独苗苗：一个儿，一个女。"

"儿子今年几岁了？"

几岁？这可把她难为着了。她真后悔刚才进门时，没有把这问清楚。这时，杨高突然在被窝里埋怨着说："妈妈真是越老越糊涂，你不是说我是属狗的吗！"女人接着就说："娃十三岁了。"

强盗见杨高插话，马上就用刺刀尖对着他问："她是你的什么人？"杨高连眼也不眨地说："我妹妹嘛。"白军紧接着又问道："她今年多大？"

杨高正想开口，女主人显然怕他说错了，慌忙抢着插言："几岁？你们没看见正在换牙哩。"

强盗们一把把她推到一边，叫她不要多嘴。

杨高就接着说:“妈，谁要你多嘴，我还不知道妹妹今年八岁。”翻过脸，又对着睡在旁边的那个小姑娘说:“妹妹，你给他们说，你是不是八岁？”

杨高就是这样又一次从敌人手里逃了出来。听说这以后好多年，杨高跟着队伍，每次路过这一带时，总要到这个老乡家里去看望她们。

这就是我从我的学生们那里听来的关于这个小红军的故事。为什么这个故事使我特别感兴趣？原来我在前方时，在我们师的政治部编印的部队报纸上，在表扬模范战士和优秀指挥员的名单里，也曾看到过这个名字。不过，那个杨高，我记得好像是个副排长。我刚听到这个故事时，我只是把它看作一个偶然的巧合罢了。同名同姓的人那么多，我怎么敢设想这两个杨高会有什么联系呢?

## 二



我已经两次听到杨高这个名字了。别着急，还有第三次呢。

第三次听到杨高的名字，还是我在三边工作时。那正是“天空似乎是黑暗的时候”，国民党匪军大举向陕甘宁边区进攻。胡宗南匪军占了延安，马鸿逵匪军占了定边。边区人民的和平幸福生活被破坏了。全边区的大人、娃娃都拿起武器投入了战斗。整个边区变成了一个大战场。

当时我正在报社里当编辑。一次，我熟识的一位县委书记到地委开会，趁便到我们报社来看我。三句话不离本行，一坐下来我就要求他谈谈他们县的游击队和群众对敌斗争的情况，希望能得到一些新闻报道的材料和线索。提到这个题目，他就开门见山地批评我们报纸，对战争中的英雄模范人物的事迹报道得太少。我也就接着说："全党办报嘛！连你这县委书记都不给我们写稿子，我们怎么能把报纸办好呢？"我们都笑了，他说："这次战争中，英雄人物可真是多得很哪。比如我们二区的区委书记杨高……"

"杨高？"我一听到他说这个名字，就不禁惊叫起来。

"是啊，杨高，我们二区的区委书记。"他没有理会我的吃惊，继续说下去。

为了满足我的好奇心，我不得不打断了他的话。我请求他把他所知道的有关杨高的一切，例如他的籍贯、年岁、经历等，都详详细细地给我讲讲。

他对我的惊愕和我的这些请求感到有些摸不着头脑，笑着问我："怎么，你认识他？"

"不认识，不过，我却很想了解一下这个人。你讲吧，从头至尾细细地讲吧。"我再一次请求。

下面就是他给我讲的有关这个杨高的故事。

"年岁我倒记得，今年大约是二十五岁了吧。籍贯我也知道，就是本地人。过去历史，这可把我难着了——你知道，我是战争前几天才调到这个县工作的。听说他是 1943 年冬天，因为负伤残废才从前方复员回来的。"

"他是从哪个根据地回来的？是不是太行山？"

"这个我不知道，只知道他是复员回来的。他回来后的情形，我在县上倒经常听干部们当故事说。说是他回到县上时，因为在前方负伤流血太多，身上除了十几处伤痕不说，还有两处内伤，身体坏得不成样子。到了县上，民政部门的同志也没有好好关心他，只是像安置一般复员军人那样给他换发了介绍信，要他回乡生产。可他的家在哪儿呢？他带回来的介绍信上只写了个县名，问他他只回答说没有家。一个人怎么能没有家呢？问到最后他才说了一句：'除了部队，我再没有家了，部队就是我的家。' 这个同志也就不耐烦地顶了他一句：'既然部队是你的家，那你还是回部队上去吧。我们这里没有办法安置没家的人。' 这是一句多伤感情的话啊！当时他的脸都气白了，没再说第二句话，背起背包就找到县委会。在那里，他一交出党员介绍信就像一个娃娃似的大哭起来。他说：'就是没有家啊！是党把我养大的。在前方，我是服从组织决定，哭着才离开部队的。想不到回到边区，回到咱自己的老家里，倒变成一颗臭驴粪蛋，把我踢来踢去。不错，我的身体是残废了，骨头被敌人打断了，可是我的心并不残废！我是共产党员，党叫我做什么我就做什么。'



"听说县委会当时就决定把他留在机关里，一边休养一边帮助组织部做些零星工作。这可真是一个怪人，虽然他的身体那么坏，可他却像河里的长流水一样，从不休息。白天工作，晚上看书、写字学文化，总是熬到后半夜才睡。同志们都说他是个铁打的汉子：不怕累不怕冻。公家发给他的毡子、老羊皮袄他一样也不要。十冬腊月天，就铺着他从前方带回来的那条又窄又破的小毡片。他的被子顶多装了六两棉花，管理员给他送去二斤棉花，他死都不要。再冷的天也从没见他烧过炕。这个人为什么这样固执？当时谁也弄不清楚。后来，同志们都反映他太不爱惜身体，县委书记找他谈话他才讲出了原因。他说一回到边区，看见到处都在搞建设，进行大生产，他心里就盘算着：过去在前方打仗，靠枪杆子，现在可得好好学会拿锄头和笔杆了。他说：‘把铺盖弄得厚了，炕烧得热了，人就光想钻热被窝，不想干活了。被子越薄，睡下去还不如坐着暖和，心里也就不想睡了。’

“说起来也真奇怪，他那个受过伤的残废身体不但没有垮下去，却倒变得结实起来了。战争开始后，一次我和我们县上的医生聊天，谈到他时，医生还不住地摇着头说：‘从医学观点说，这实在是不能理解的。这大约就是他自己说的，是他那颗没有残废的心战胜了疾病——你知道，有的时候，精神和意志比药物还厉害哩！’

“他在县上工作了不到三个月，就被调到二区区委去当组织科长。在区上，工作当然是没说的，是一个顶呱呱的好干部。就是有一条，他那个老毛病一直没改。他甚至比在县委时还不爱惜身体。区上领导生产，春天要作生产计划，秋天要总结秋收产量，这都得用算盘。他不会打算盘，就白天黑夜学。一天早上，区委书记起来，看见他一个人点着灯，伏在算盘上睡着了，嘴里正说梦话‘冲啊！三三见九’。这以后，二区的区乡干部们就常拿这句话开他的玩笑，一见他就喊‘冲啊！三三见九’了。时间久了，这就成了他的绰号，连许多老乡们也都叫他‘三三见九’。

“咳，你看我只顾讲杨高，却把另一个人忘了。说杨高的故事不说这个人，那就是光说太阳不说月亮。我们二区五乡赵家圈有个姓崔的姑娘，名字叫个端阳。这个姑娘自小死了父亲，她娘另嫁了一个人，她就跟着这个后老子一块生活。前几年她娘死了。她的这个继父是个好吃懒做的二流子，整天只想赌博、抽洋烟。听说旧社会时他是衙门里当差的，土地革命时吓得跑到榆林去，抗战后才回到边区来。这个二流子见她娘死了，又见她也十七八了，模样长得又好。于是就起了歹心，想从她身上捞一把钱。凭着这颗摇钱树，他背着女儿，今天在东家吃一顿，明天在西家喝一顿，到处捏手指头咬耳朵打听着，盘算谁家的‘彩礼’大。游串了好几个月，到最后，这个‘财迷转向’的脑袋瓜千不该万不该，竟然为了多得几匹白市布，多要几两洋烟，偷偷地把端阳许给了离咱们边界不远的白区的一个五十多岁的土财主当填房。

“端阳一听说这个消息，就死呀活呀地跟他闹起来。他使了人家的钱，抽了人家的洋烟，俗话说：‘吃了人家的嘴软，拿了人家的手短’，答应了人家就得把女儿给人家。开头他还千方百计地用花言巧语劝说端阳。他给人家说定的，三月清明定亲。眼看着快到时候了，他着了急，就强逼着女儿答应这门亲事。这姑娘也真行，她被这个后老子逼得没办法，就在清明节的头天夜里悄悄地跑到乡政府去告状。



“杨高这时正在五乡帮助工作，他和乡上的干部们听说了这件事都很生气。违反政府不准买卖婚姻的法令，这已经违法了；况且又是把边区的姑娘偷卖给白区的老地主当填房。第二天一大早，乡政府就派人把她的继父叫到乡上，美美地训斥了一顿。这个二流子自己做了亏理的事，心里虽然不满意，当着乡上的干部却也不敢再说什么。这件婚事也就算作罢论了。

“故事若是就到这儿结束，也就没有事了。谁知后来过了一个多月，区上乡上的干部和群众都传说着杨高和这个姑娘在搞恋爱。这件事我到现在也没有弄清楚。有人说，杨高看这姑娘长得漂亮，见色起意，串通了五乡的干部，故意不批准她继父定的亲事，仗着自己区干部的势力横插一脚。也有人说，是这个姑娘先看中了杨高，死活要嫁给他。听说杨高还说过这样的话：‘我是个半身残废的人，没家没业，跟我结婚，可少不了要吃苦受罪。’这姑娘满口答应说：‘就是跟着你上刀山跳火坑我也心甘情愿。’还有些人，特别是赵家圈村上的老乡们，却说杨高和端阳过去就认识，端阳她亲娘，早就把端阳许给了杨高。她娘死的时候杨高正在前方，一直听不见个信。她娘死了，这端阳就下定决心要等杨高回来。杨高从前方回来在县委会工作时，端阳就悄悄跑到县上找过他。后来，杨高调到二区工作，两个人更是时常见面。”

“停一下，我问你：他们俩是不是在土地革命时就认识的？”我又忍不住了。我多么希望这就是那年五月端阳节，杨高躲白军时的那一家的那个小姑娘啊。

“这可又把我考住了。我连杨高是什么时候参军的都不清楚，怎么能知道他们是什么时候认识的呢。总之，他们的恋爱在干部和群众里说法都不一样。有人赞成也有人反对。在区上，区长首先就坚决反对。当时的区委书记赵登高同志——就是在这次战争的头一天，敌人突然袭击二区时最先牺牲的那个同志——却同意他们结婚。后来一直闹到县上，拖了一年多才给发了结婚证。

“他们是 1945 年五月端阳节那天结婚的。第二天一大早，杨高骑了一匹马，从区上到各乡去催交防旱备荒的报告。快上午时赶到五乡。他正在乡政府窑洞里吃早饭，忽听见有人在乡政府院墙外边提名道姓骂他：‘龟孙子杨高，你仗着干部的势力霸占了我的女儿，有种的你出来和你爷爷拼一拼！’杨高一听这声音就知道是端阳的后老子。他从炕角上拉过一根红缨枪，三步并作两步跑到大门外。这时候，只见这个二流子已经骑在杨高的马身上，两脚一夹马肚皮，马扬起四只蹄子，一溜烟向正西沙窝里跑去。杨高又气又急，拉着红缨枪就紧跟上去。追着喊着‘捉贼呀，挡住这个二流子’！路上虽然也有一些人来追挡，可两脚怎么能撵上飞奔的快马呢。再说，这个坏蛋净找没人影的荒沙窝里跑。杨高跑得筋疲力尽，直到太阳压山，盯着他连人带马跑过边界进到白区，他这才没精打采地走回来。

“一年多过去了，直到战争开始前，再也没听说过这个二流子的消息。至于杨高这小两口，结婚以后，一个在区上工作，一个在乡里生产，日子过得倒挺美气。我是战争开始的前几天调去接任县委书记的。第一次见杨高时就听同志们和他开玩笑说‘老羊羔快养小羊羔了’。

“按老百姓的话说，我真是个‘苦命人’，我接任县委书记还不到一个星期，马鸿逵就发动了对咱们三边的进攻。敌人连一个让我了解情况的时间都不给。我那时既不知己也不知彼。战争开始的那天早上我正在洗脸，县大队部给我打电话汇报说，昨天夜里三点钟敌人对我二区实行突然袭击。二区区委书记在指挥突围时牺牲了，区长也受了重伤，区干部和区游击队在区委组织科长杨高率领下，撤到三乡沙蒿梁一带，等待县指挥部指示。我们没顾上吃早饭，立即开了紧急会议。记得就是在这次会上，通过了由杨高担任二区区委书记和代理区长的决定。

“你看，讲了这老半天，都是因为你提的这些问题——叫我讲他的历史，把时间都占去了。我真该走了，怕误了开会，下午开完会再来谈吧。”说着他就站了起来。

我怎么能放他走呢。死拉硬扯终于又把他按在炕上。他看着实在走不了，就提了一个折中办法：现在只讲讲杨高的主要故事，有关他和二区游击队的战斗事迹，等他回到县上请人专门写一份详细材料。作为一个新闻记者，或者是从我对杨高这个人所具有的特别的好奇心，我希望他就坐在这一口气讲完这个故事。但时间的确不早了，为了不耽搁他去开会，我只好同意了他这个办法。

“我简单地说吧。二区好几个乡和敌区接界，是敌人进攻三边的小后方和运输线。敌人专门派了一个营经常驻扎在这里。二区的游击队在杨高的领导下一次也没有退出过二区。他们把敌人搞得焦头烂额，昼夜不能安宁。为了对付他们，敌人不得不一次又一次把同我们主力作战的骑兵团抽调回去‘围剿’他们。这种情况下他们也一直坚持着。假若不是发生了那次意外的事件，我敢打保票，你们的报纸上每一期都会发表他们游击队的胜利消息。

“那是战争发生后的第三个月，咱们野战军第一次收复三边的前十几天。县指挥部根据军分区司令部的指示，为了在大军到来之前把边界沿线敌人的后备兵力和火力配备情况彻底调查清楚，就派杨高去完成这个任务。



“杨高带了三个游击队员一直深入到敌人后方，工作了两天就完成了任务。回来的路上，杨高想利用这个机会把几个临近边界乡的工作布置一下。他派两个队员先把情报送回来，自己带着一个队员去布置工作。

“那一夜，他和几个乡的支部书记正在开会，敌人突然包围了村子，他立即命令几个支部书记设法突围回自己乡上去。他和那个游击队员仗着路熟，一下就钻到村外边的沙柳丛里，两个人轮换着边打边退，打算趁着黑夜敌人看不见时突围出去。谁知道敌人死死缠住他们，越打越多。打了大半夜，眼看天快明了，而那个游击队员又恰在这个时候受了重伤。杨高过去招呼他时，不幸自己的左背上也中了一颗子弹。敌人从四面包围了过来，越打越近。骑在马上的敌人更是疯狂，怪声吼叫着‘捉活的，捉活的’，这时杨高真有些着急。眼看着同伴没有气了，他就一把从他身上拉过两颗手榴弹，对着前面向他跑来的三个敌人骑兵甩了过去。刚要喘一口气，忽然又听到身后马蹄声响，他一嘴咬断了拉火线，顾不得背过脸去，就朝背后用力一甩，手榴弹正碰在敌人扬起的马刀上，‘当’的一声跌落在杨高身边。杨高正要举起手枪，突然，‘轰’一声巨响，他什么也不知道了。

“他恢复知觉的时候，最先感觉到浑身上下都是难忍的痛楚。这时，他发现自己已成了敌人的俘虏，被押在敌人的监狱中。他苏醒过来的最初两天里，匪军营长就像时钟那样准确，每隔一会儿就来看他一次。有人给他上药、送饭、送水、送纸烟。一句话，敌人想收买他。从第二天晚上，他聚集了全部力气，把这个肥头胖脑的营长狠狠地骂了一顿之后，一切都改变了。代替上药、送茶水的是数不尽的拷打，老虎凳子，烧红的枪通条烙手指、脊背、脚指头……所有这些都是他所料想到的。唯一的意外是，他没有想到会在敌人的牢狱里看见了端阳的继父——那个无耻的二流子。在这之前，敌人不论对他施加什么刑具，他都一口否认他是区委书记——他只承认是个游击队员。而当他看见这个贼头贼脑的二流子在敌人营长身边贼眉鼠眼地说话时，他就横下心来挺起胸膛说：‘我就是杨高。

杀吧！想从我身上捞到一点东西那是妄想！'

“他原来想着敌人听了他这些话会马上杀掉他的。谁知他这样说了之后，反倒连审问也不审问他了。也好，趁着死之前还有一口气时，好好休息休息，临刑时胸膛也可以挺得更高。

“一天过去了，两天过去了，第三天上午，他又被连拖带拉地推进了那间审讯的房子里。一进到房子里，第一眼他就看见了两眼哭得又红又肿的端阳，和他的唯一的出生后还没有见过面的儿子。端阳身上被紧捆着，只留下一只手抱着孩子。不用任何人说一句话，他一眼就明白了一切。端阳一见他就忍不住大哭起来。不是绳子和刺刀的阻挡，她一定会跑过来抱着他痛哭。杨高没有流一滴眼泪，只是把牙齿咬得吱吱作响，耳朵里也像被烧酒灌满了似的什么也听不清了。'杀吧,什么话也没有！'他一遍又一遍重复着这句话。他仿佛看见皮笑肉不笑的匪军旅长，比画着给端阳解绳子，又仿佛看见那个可耻的二流子从端阳手里夺过了他们的儿子，他仿佛听见端阳用尽力气尖声叫骂着。这一切他都看得听得模糊不清，只有孩子尖细的哭声像把锋利的刀尖，直直地扎在他心上；只有那把马刀对准孩子的胸膛刺进去，孩子的血染红了包被时，他突然像一颗出膛的子弹，从地下直扑向匪军营长，扑向那个连野兽也不如的二流子。一声枪响，他又失去了知觉。

“他没被打死。这一次恢复知觉是在天快明时，两三个匪军把他拉到监狱外边，七手八脚地往马身上捆。他这时已经没有说话的力气了，但是心里还明白。他不解地微闭着眼睛看着这些慌里慌张的匪军们，他们为什么这样呢？枪毙他吗？那为什么要捆上马呢？也许是解往宁夏去的——不是听说被俘虏的很多人都送到宁夏去吗？……一阵急促的枪声，接着就是不间断的连成一串的机枪声在不远处响。他一下醒悟过来了——我们的野战军来了啊！……

“半小时后，这个匪军营长和这些匪军们都成了我们的俘虏。我们的大军出其不意地插进敌人的后方，把窜进边区的敌人像口袋里捉老鼠一样全部消灭了——这些你们都知道，不说了。算了吧，我真的该走了。”

“不忙，杨高后来怎样了？不交代这一点，我的心往哪里放啊！”

“他吗，因伤势太重，经我们和部队交涉，送去了野战医院。不过，他这一去可就再也不回来了——伤一好，他就参加了野战军。”

“端阳呢？”我又迫不及待地问。

“她还在我们县家属队里。你们哪一天去访问吧，她一定会比我讲得详细、真切。好吧，我真的该走啦。”

后来，我们派记者去访问了端阳。可惜的是，恰恰在这时我被调离了报社，也调离了三边。这以后，如你所知道的，我由三边到延安，由延安又到华北，经常奔波不定，就再也没有听到杨高和端阳的下落了。这个难解的谜也就一直留在我的脑子里，长久没有答案。



## 三

乡下人有句俗话：种瓜的不怕蔓长，蔓越长结的瓜越甜。其实这倒不是说种瓜的事（实际上瓜蔓太长了，瓜就结不大），而是说事情曲折越多，最后结果也就越好的意思。用这句话来说明我们现在说的这个故事，真是再好不过的了。

事情是这样的：

1949年9月间，我和几位搞石油地质勘探工作的同志从玉门油矿出发到柴达木盆地去。经过敦煌时，在柴达木供应站遇到一位穿军装的同志，他也是要进盆地去的。他因为只乘一辆吉普车，怕路上不好走，想等个伴一同走。我们也听说路不好，车子容易出事故，遇到有人愿结伴同行当然欢迎得很。这样，我们六个人两辆吉普车，加上他一个人一辆车，连三个司机共十个人三辆车，简直成了一个热热闹闹的小车队了。

旅途中是最容易结识人的。同行不到一天我们就厮混熟了。原来他是刚从部队转业下来，到柴达木一个石油地质勘探大队担任政治副大队长的。

他是一个属于那种一见面就把心给你掏出来的人。爽朗、愉快、坦率得像一张白纸。一路上他就像车子上的发动机一样，不住气地唱呀，说呀。车队刚出阳关头一次休息时，他就像部队上的连长喊操似的对我们发出命令："第一辆车来一个，第二辆车来一个，其余原地不动！"同行还不到两个钟头，乍一听到这样的口气，我们不禁都怔了一下。但想开了后，我们就都哈哈大笑起来，不约而同地回答说："报告首长，遵命。"他也跟着笑了起来，"快来吧，你们一个车上有三个人，而我这车子上就我一个人，再走两天真会把我憋死了。"

从这时候开始，一上路我们这七个人就不分你我的，在三个车上混杂在一起坐。他开玩笑说："这叫混合列车"。我们这混合列车很愉快，他坐在哪辆车上时，这辆车就更显得热闹。他这个"欢乐的种子”，把长途旅行，特别是在大戈壁上长途旅行常会遇到的那种怕人的寂寞驱散得一干二净。不到一天工夫，我们七个人和三个司机，就都像熬八宝粥似的在一个锅里滚熟了。

旅程的第二晚，我们九点多钟才赶到预定的目的地大红山。原来听说这里有一家客店，谁知到地方一看，这是什么客店呀！不但没有一个人，五六间破房子缺门少窗，炕上墙脚里，尽是一堆堆不知道是什么人在哪年哪月拉下的干粪便。他拿着手电在房子里巡视了一遍，出来就叫嚷着说：“咱们今夜干脆露营吧！这店住不得，糊一身臭狗屎，明天一天不吉利。”和我同行的几位地质师常年跑野外，露营夜宿是他们的家常便饭，再加上那天夜里又正是旧历的八月十五，露宿赏月这是谁也不会反对的。

于是大家就在店门外选了一块平坦的空场地，把三辆吉普车排成一字形，停在风口上挡住风。我们一个靠一个，头对头脚对脚地把铺盖摊开。三个司机忙着收拾车子。我们几个人拾柴的拾柴烧火的烧火，一会儿就做好了一锅挂面汤。就在铺盖上放了一张厚油布，干馒头加上酒、罐头，摆了一摊子，热热闹闹的在月光下吃起来。



在“宴会”上（我们都把这顿晚饭，叫作“宴会”），还是数他最活跃。他又能吃又能喝，说起笑话来简直把人笑得淌眼泪，腰都直不起来。他一会儿为这干杯，一会儿为那干杯，他的题目可真多呀。我们这个“宴会”一直持续了一个多钟头。几个司机都已呼呼入梦了，我们这才把东西收拾起来，一个个钻到被窝里去。可是，在这迷人的中秋节的月光下，在这静寂的平展展的大戈壁上，谁能睡得着呢。

“喂，睡不着就干脆坐起来吹牛吧！翻过来翻过去受这个洋罪干什么。”又是他领的头。于是，我们几个就都披上大衣，拥着被子，天南地北扯起来。

不知道你有没有过这种体验，在这种场合出现的话题听起来简直是杂乱无章，互不联系。但仔细追寻起来，也不是没有线索可寻。就譬如我们的这次谈话吧。记得好像是从我们睡觉的这个大红山地名谈起来的，地质师刘平批评说："这里有的只是走烂铁鞋的戈壁滩，除了祁连山之外，根本没个山影，为什么叫个大红山呢？有些地名叫得真是没有道理。"忘记是谁插了一句："地名没道理，人名有啥道理？就说你这个刘平吧，有啥讲究？难道是想把世界上的高山都铲成个一溜平不成。"

"轮着我发言了吧？我对这个理论一半赞成一半反对。就拿我的名字来说，我现在叫的这个杨奋平就没有多少讲究。这是我刚从医院出来碰见师政治部主任——他是我在前方时的老上级，他见我还是叫过去那个老名字，就给我换了这个名字。其实，我那个旧名字，虽然叫起来怪不好听，却倒蛮有讲究哩。"

"你原来叫什么名字？"不知道是什么原因，这几天来对他的印象一下都在我的脑里集中了起来，它使我联想起了一件一下子难于回想起的什么事情，我突然插问了这一句。

"原来的名字吗？这是一个谜，你们猜一猜。"接着他就学着羊"咩、咩"地叫了几声，大伙都被逗笑了。

"杨山羊""杨咩咩"……大家胡乱猜测。

"亏你们还都是有文化的人，连这个简单的谜也猜不出来——杨高嘛！"

"杨高"，他就是杨高吗？我一下从被窝里跳出来，上前一把抱住了他："你真的就是杨高吗？三边人吗？端阳现在在什么地方？……”

不要说别的几个同志都被我这不可理解的动作弄得莫名其妙，就连杨高自己也被我这连珠弹似的问题弄得惊异地大瞪双眼，半天没有说话……

底下的故事就用不着再详细去说了。一句话，这一夜我算把什么都弄清楚了。我所听到的三个杨高，的的确确就是他一个人。我们两个就像久别重逢的亲兄弟那样，从头到尾谈着他的经历。一直谈到天快明时他才枕着皮包睡去。我却怎么也睡不着。一会儿看看他那孩子似的带着笑意的睡脸，一会儿又看看偏西的月亮和那静寂的沉思着的大戈壁。我的心怎么也安静不下来。我一次又一次的思索着：我和杨高的几次遭遇，难道只是纯然的巧合吗？怎么竟会这样凑巧呢？我的老朋友啊！这时候，我怎能不惊叹在我们这动荡多变的时代激流里，竟会涌现出这样使人不敢想象的、闪着异彩的浪花啊！

这是好几年以前的事了。直到现在，我还时常怀念着杨高和端阳。这是一对多么可爱的人啊！他现在该还在柴达木盆地工作吧？他和端阳该都生活得很好吧？也许他们已经有了好几个孩子了……让我们向着遥远的柴达木祝福！祝他们生活、劳动得更好！祝他们像巍峨的昆仑山那样永远坚定顽强！

1958 年 2 月

# 五级采油工

已经是深夜十二点多钟了，我们这几个倒霉的过路人，不得不去敲打坐落在公路边的几幢活动房子的门窗，向养路工人请求借宿。

我们这一夜，真像同车的地质师所说的那样：读了一整本的在戈壁滩上旅行的《倒霉大全》。下午从地质勘探大队部出发时，原想在晚上九点钟前后，就可以赶到 209 小队的驻地。谁知道，唉，天一黑就摸错了路，并且一错再错。好不容易找到了正路，一个行李卷又从帆布车篷的破缝里给挤掉了。怎么办呢？只好掉转车头，顺着原路去找。往回跑了六七公里，靠着车灯的亮光，在路边小沟里把行李卷找到时，已经整整十一点钟了。这可该好好赶路了，吉普车偏偏又在这个时候出了毛病。坏了修，修了坏，勉勉强强拖到这几幢活动房子跟前。司机老张下去"医治"了好一阵，最后，他点了一根烟，把两手一摊，说："下车吧，只好在这里过夜了。你们到活动房子里找个床铺睡一觉，我在这里慢慢'医治'它。啥时候修好我啥时候叫你们起床赶路。"

车子坏了，这有什么办法呢？我们只好一个个从车上跳下来，去惊扰养路工人的好梦了。

养路工人们大约对这些半夜叫门的不速之客，也习以为常了吧。他们起来张罗了一阵，就把我们安置了下来：地质师和 209 小队的四个野外队的同志，他们还想用这个时间赶点工作，被安排在一间有张桌子的房间里；我同司机老张，还有那个中途搭车到红庙去的同志，三个人就挤在一幢除了两张临时搭起来的行军床以外，别无一物的活动房子里。

地质师他们一坐下来，就把一卷卷图纸摊在桌子上，拉着计算尺工作起来。我们三个人可作了难，只有两张床怎么睡呢？彼此推让了一阵，老张说他只稍微坐一会儿，暖和暖和，就要去修车。这样，等老张一走，我们两个人就脱下随身穿的老羊皮大衣，半边铺，半边盖，蜷卧在行军床上睡了。

戈壁滩上十月的夜晚已经够冷了，加上这又是一幢好些天没有住人的空屋子。这天夜里，虽然没有大风，但那一股股的小“贼风”，从毛毡接合缝里阵阵扑来，也真够受了。真像是谁把一碗一碗凉水，泼到你的身上似的。老羊皮大衣，本来是戈壁滩上工作的人们的一件宝，但在这样的夜里，光靠它还是不顶事的。我一会儿嫌它太短，盖着头顾不到脚；一会儿又嫌它太薄，挡不住风。一句话，我冷得怎么也睡不着。最后，我决定把棉袄脱下来，蒙在头上，再拿老羊皮大衣把身子裹起来。我想这样也许会好一些，可以凑合着睡它几个钟头。

我刚坐起来要解棉衣的扣子。这时候，突然瞥见一点火光在闪亮。随着火光，隐约看见我的同伴正盘着腿坐在行军床上，静静地抽烟。这一阵我只顾自己在床上翻腾，还以为他早已睡着了呢。

“冻得睡不着吧？”我问他。

“是呵。不过，我也就没想睡。”听起来，他像是有什么心事。

这一来弄得我也打消了睡意。“算了吧，我也起来抽根烟。”

“坐着抽烟，比睡在那里还热乎一些。来，抽一支。”他说着，随手递过来一支烟。

“我这里有。”我一边在棉衣口袋里取烟，一边也学着他的样子，盘着腿坐了起来。既然睡不着，我就同他扯起闲话来。

“是去搞器材的吧？”矿务局在红庙设有一个器材转运站，我猜想，他也许去给采油矿场领什么材料的。

“不是，是去接人。”

“家里老人来看你了？这是好事哪！”

“哪里是老人，我早就没有老人了。是……唉，我也说不清楚……就算是爱人吧。”像是费了好大的劲，他才吐出来最后这几个字。

“是爱人就是爱人，怎么能就算是爱人呢？”我笑了起来。

“咳，这怎么说呢？你不清楚底细，三言两语又说不明白。”

“爱人来了，这是大喜事嘛，看把你愁成这个样子。”我把身子向他挪近了些。

在路上坐在车子里的时候，我只顾同地质师和几个野外队的同志们天南地北的穷扯，一直没有多注意他。只是在这时候，我才趁着烟头的闪闪火光，仔细朝他打量了一阵。这是一个不能算是年轻的年轻人（有二十七八岁吧）。听话音，你可以猜想到，他是属于那种经历简单、心地单纯的普通的石油工人中的一个。

“心焦吗？这倒没有啥子好心焦的，”他用浓重的四川口音，接着刚才的话头说，“只是这件事来得太突然，简直像做梦一样，我这思想，到这阵子还没有转过来呢。”

“你这个年轻人呀！到底是怎么一回事，把你搞得像喝了一瓶大曲酒似的，迷迷糊糊的？”

“我看咱们俩终究也睡不成了，你要是不嫌絮烦，就听我从根到梢，一股脑儿给你摆一摆。”

他又狠狠地吸了一口烟，弯身把烟头在地上弄熄了。掖了掖老羊皮大衣。一反他刚才问一句说一句的拘谨态度，骤然间，变成了另一个人，简直像一口开了闸门，放大了油嘴的油井似的，连油带气一股劲地往外喷流，弄得我只有听的份儿，连一句问话也插不进去。

“既然摆开了，我就从头说起吧。”

“你还不知道我的名字吧？我叫马登云。老家在四川简阳县。小时候的事没有啥子说的。自小放牛，长大种田。我爹早死了，就靠我一个人养活老娘。解放的头一年，我妈也死了，一家人就剩下我独个儿。我们县一解放，我就参加了乡上的工作。在乡上的十几个干部里，我算是年纪小的。还有一个比我小的，那是一个女的。我属猴，那年十六岁；她属鸡，比我小一岁。她搞妇女会，我当武装部副部长。她家离乡上近，就住在自个家里。我家远，家里也没有人，乡上的住处又挤，她就邀我到她家去住。她没有兄弟，她的老子和娘待我特别亲，简直就像亲生儿子一样好。刚解放那阵子，乡下土匪多，我们武装部的工作就是白天黑夜、风里雨里带上枪去抓土匪，十天半月回不了乡上一趟。一回去，她们一家人，对我那股子亲热劲儿就没法提啦。她妈虽然常年生病，我一回去总要挣扎着起来，做些好饭好菜，帮我洗洗补补。我同她在乡上开会，讨论个啥子问题，说话都挺对脾气。我们那个老乡长顶爱开玩笑。有一回，他当着好多人对我们俩说：‘你们俩倒像是天生一对。过两年，等你们长大了，我给你们当个媒人怎么样？’我那时憨敦敦傻乎乎的，还不大懂得这些事，听了这些话倒还不怎么的。她却羞得从脖子红到脸上，长辫子一甩就跑开了。这以后，好些天我们都不敢当着人在一起说话。好在那阵我们还都年轻，过了些时日也就忘了，还是一天说呀笑呀的。只是有一回，我同她顶起了嘴。县武装部来了个通知，要我连夜赶到一个边界上的小山村去开会。通知上说，这条路不很安全，一定要带上三两个人一起走。乡上把人都派定了，我不愿带，想一个人走。我回她家去拿换洗衣裳，两个人就吵开了。我是个傻胆大，有一股子二不愣劲，就说：‘我一个人啥子阵势没闯过，谁敢把我怎么样？’她死咬定：‘这是组织决定。你不带人，就不准你去！’这话可把我说火了。‘你凭什么不准我去？我偏一个人去！’几句话，把她说得涨红了脸，‘哇’一声哭了起来。我在气头上，理也没有理她，拿了衣裳就甩腿走了。到了那里，看到有一个来开会的同志在路上被土匪打冷枪受了伤，我也受了顿批评，这才后悔没有听她的话。

“这次开会是为了从地方武装干部中，给部队选派熟悉情况的人带路，参加几个县的联合剿匪活动。我被选上了。给部队带了几个月的路，人也混熟了。等到剿匪任务完成，部队要调到别处时，说什么我也不想回去啦。营长问我多大了，我仗着人小个子大，就假报说十八岁。首长见我有点傻胆量，也挺机灵，家里又没有牵累，就在县上办了个手续，把我留在部队里了。

“我参军以后，也没给乡上写过一封信。一则是文化不高，自己写不好，托人写又挺麻烦；再则也是因为我家里没有人。在部队上，一天高兴得像个长尾巴喜鹊似的，乡上的什么事也不恋了。过了不久，我们乡上又有几个参军的新战士分配到我们团上来。他们给我捎来了一封信，还带了一条毛巾和两双新袜子。说毛巾是老乡长送的，袜子是郝文翠送的（对啦，我还一直没有给你说她的名字哩，这就是她的名字），信也是她写的。信上也没有多说啥，只说我还有几件衣裳在她家里，她已经补洗好了。需要的话，她就想法托人捎来。不需要她就先保存着，过后再说。我收下了信和东西，根本没有把它当成一回事。当时想着，这无非是在一块工作过的熟同志，我参军了，他们送双袜子、毛巾，这也是常事，至于那两件破衣服，我当然用不着了。这样也就没有写回信。之后部队转移，我也就把这码事搁到一边了。

“在部队里过了一年多，这就到了 1950 年冬天。这时候，正碰上抗美援朝，我报名参加了志愿军，在朝鲜打了整整三年仗。打仗就是打仗呗，没啥子好说的。不过，有这么一件事：那一年，祖国派慰问团到朝鲜慰问，慰问团里有能唱川戏的。本来我从小就不大喜欢唱呀跳呀的，戏也是多年不看一遭。不过离开祖国时间久了，天天同美国兵打交道，昼夜听的净是‘嗡嗡嗡，轰隆隆’，况且，这回唱的是家乡戏，那几天，正巧又碰上我们团在后边休整，我就随着同志们一道去了。那晚上的戏当然是挺过瘾的。问题不是出在台上，倒是在戏台底下，碰上了一桩巧事。

“事情是这样的：我在休整时刚好评了个二等功，团首长特别把我们请到前边，同慰问团的代表们坐在一块儿。你说巧不巧，同我紧靠着坐的那个代表，正好是我们四川老乡。他听我的口音是四川人，就问我是哪个县的？我说是简阳县。‘简阳县！’这可把他乐坏了。原来，他正是我们县的代表。他一下抓起我的手，就再也不放开了。我心里也觉着甜滋滋的。老乡见老乡，何况又是在朝鲜前线，你想想吧。我们俩谈这说那，龙门阵一摆开，简直收不拢来。一晚上，谁也没有好好看戏。他是我们县的劳动模范。虽然是两个乡，但却紧挨着，村子相隔只有二十几里远。问起我的一些熟人，他也知道几个。他说，我在家时的那个老乡长因为上了岁数，已经‘告老还乡’回家种田了。无意间我问起了郝家情况，论起来这也算是我的熟人。我想他该不会知道这家人的，谁料想这纯然是一句无心的话，却引起了一场麻烦事来。

“‘谁，郝老六吗？’他有点吃惊地反问了我一句。郝老六，这是她父亲的名字。我点了点头。‘他们一家人我可熟啦。他家那个丫头可是个好样的，也是个劳动模范哩！这一回来朝鲜慰问，本来也有她，我们都一路到了重庆，省上嫌人太多了才没让她来。同志，你是怎么认得她们一家人的？’我就把在她家住过的话说了一遍。话头既然扯到了这个地方，我又随口问了一句：‘那她该是已经结了婚了吧？’‘看你说的，文翠还年轻着哩！’他这么一说，倒提醒了我。是呵，她比我小一岁，我那年才二十岁，人家怎么就该结过婚了呢！‘不过，影影绰绰听她老子说，她心里已经有了对象啦。到底是什么人，连她娘老子也不摸底。听口气，好像是个在外边干什么的。同志，你们出国在外，你可不知道，这几年咱们国家的变化有多大呀！不说国家的大建设，就说咱们乡里那些个年轻人，可比往日开通多啦。他们心里边的事，谁再敢去包办呢？……’刚说到这里，戏散场了。临了他问我要不要给老乡长和郝家带个信。我说：‘不写信了，就请你捎个口信，问候问候他们吧。’正要握手告别，我们排长突然跑过来问我说：‘你那张立功喜报往什么地方寄？别人的都有了地址，就差你的啦。’你已经知道，因为我家没有人了，过去几次寄喜报，我都叫寄到县政府就算了。我正要说，这个老乡插嘴了，他刚才也听我说过我是个没家的孤人，就接口说：‘这还不好办，交给我带回去！这么个光荣的喜报还愁没有个送处？’别人已经走远了，我怕耽误得太久，就说：‘好吧，那就麻烦你带回去。’同他握了握手，我转身就撵队伍去了。这天夜里我们一回到宿营地，就接到命令连夜出发上了前沿阵地。

“说起来也真怪，打从这回谈话以后，遇到战斗间歇闲着没事做的时候，一下就想起了她，心里老是盘算着：她的对象是谁呢？我没敢往自己身上拉扯。第一，我们在一块儿的时候，关系虽然不坏，但那顶多也只能算是一般的同志关系；况且，那时候我们还都是黄毛孩子，我压根儿都没想过这号子事。第二，就算她心里对我有意思（她不是托人给我捎过两双袜子吗），我可连信也没给人家写过一封呵。她连我的影也不知道，就能傻等着吗？……想来想去，不会是我。唉，人的感情就是怪！想着不是你就算了，何必再伤脑筋呢？偏偏不行。一念叨起来，就没个了。我又常问自己：左估计不是我，右分析不是我，那她在我们最后那次吵架时，为什么说‘就不准你去！’当我说‘我偏要一个人去’时，她又为什么‘哇’的一声哭了起来呢？这里边恐怕不是没有文章吧？这样想呀想的，头也给弄昏了。过后，连自己也觉得好笑。你说，这不是自找麻烦吗？

后来战斗一紧张，也就没工夫想它了。

“大概隔了个把月，我就因为黑夜去侦察敌人阵地，踩上了美国鬼子的地雷，把左腿给炸坏了。在朝鲜治疗、转运，搞了一个多月，那年冬天回到了祖国。在医院、疗养院一住就是一年多。我常说，我这个人真没出息，为祖国才打了三年仗，就好吃好喝地养了一年多的伤。全国六亿五千万人，要是都跟我一样，咱们这社会主义，就甭想建设啦。

“这一年多，可把人憋气坏了。开头，医生要锯我的腿，说是伤口化脓，又受了冻，不锯也要成残废。‘我是个侦察兵，你把腿给锯了，这不是要我的命吗？’找医生求告，不行。我又找院长、政委求告。好说歹说算是不锯了。接着就是取弹片、接骨头、包扎石膏、扶拐杖学走路，这一套手续，整整把我折腾了一年。结果呢？还是医生说得对，腿是保全了，可是成了个残废——一条腿长，一条腿短。为了这，半夜里我蒙着头哭过多少回哪！我是一到朝鲜就从团部警卫班调去当侦察兵的。我这个老牛皮性子平日虽然不喜欢多说话——就因为这一点，到哪里同志们都说我不够资格当个四川人——我的心里边，倒是挺喜欢干个腿脚活动多一些的事。侦察兵这个行当，跟我在乡上一天到晚风里来雨里去抓土匪那阵子是很相近的。我私下打过主意，要当它一辈子侦察兵。可这一下完了。你说，换成谁谁能不伤心呢？

“残废了，当兵打仗是不行了。可是，也不能老叫人养活着哪！在疗养院里，我老嘀咕着这个问题。就是在这当儿，我一连收到了两封信。这些信都是寄到朝鲜前线我们团里，团里转回祖国的后方医院，又从医院转到疗养院来的。拆开来一看，两封信都是从我们家乡寄来的。一封是郝文翠写的，再一封是慰问团那个老乡写来的。老乡这一封信写的时间靠前一些。信上说：他把我的喜报带到了，郝家一家人都很高兴，特别是文翠，她特地配了一个玻璃镜框子，挂在堂屋正中间、毛主席像下边的墙上。信的末尾他没头没脑地责怪我不该瞒哄他，这次去送喜报，才知道郝文翠的对象就是我。

“同志，你说这出奇不出奇！这万万料想不到的事，偏偏就下雨不戴帽——轮到我头上了！我真后悔，为什么同他说起郝家的事呢？又为什么把喜报托他带回去？这叫旁人看起来，不像是我有意去怎么怎么的吗？……我真没有胆量再去看她写的那封信——她会给我写什么呢？还好，这封信不长，只说：自从我参军以后她们一家人一直都在盼望我的消息，可又总是打听不到。这次见了喜报才知道我当了志愿军，出国抗美援朝。她叫我常常给她写信，还希望我能给她寄一张相片回去。口气虽然亲热，但也没有再写别的什么话。这又使我犯了怀疑。

“在疗养院里，同志们在一搭混熟了，都是年轻人爱热闹，谁的信来了也难以保住秘密。我这件事当然也给传开了。长这么大，我还从来没有遇到过这号子事，脸皮比鸡蛋皮还薄哩。经不起同志们一说，我就羞了。好几天也没敢再把这信拿出来看。过了几天，想着这也不是办法。这信是我受伤前后不久写的，转来转去已经耽误了一年多。这么长时间得不到回信，老叫人家惦记着，不是也太不近人情吗？好吧，就写封回信吧。于是独个儿躲在一个空屋里写了起来。不拿笔杆，还觉得挺容易，把纸一铺好，难题可就来了——写什么呢？写了个‘郝文翠同志’，就再也写不下去了。写坏了一张，扯了，又换一张。这样写了扯，扯了写，把个漂漂亮亮的纪念册，扯了十好几页，终究也没写成功。到最后，我才弄明白，这都怪我心里没个底儿呵。那些天，我心里是又高兴，又有顾虑。这个猜了那么多天的谜，总算猜透了；并且，这个‘对象’正就是我，这叫谁能不高兴呢？这一层不用多说你也明白。顾虑的是，慰问团代表虽是那么说，但她的信上，却是什么也没提呀。退一步说，就算人家有过这个意思，那也是喜欢你是个身强力壮的志愿军。现在，情况发生了变化呀。走起来，腿一拐一拐的，人家凭什么再爱你呢？打个颠倒，就说我是一个女的，我也得考虑考虑啊。况且这封信是快够两年以前写的，那时候人家有这个意思，一年多没有见回信，还不以为你早已牺牲了，人家还不早就另外找下对象啦。这时候你再写信去，不是要碰一鼻子灰自讨没趣吗？左思右想还是不写为好。

“正是这些思想打架时，接到了转业的通知，我们一块休养的上百个同志都被分配到石油战线上来。早就在疗养院里待腻了，一听说叫转业，虽然谁也弄不清楚石油是个啥东西，但总是有了事干，能为国家出点力，也就够高兴了。那几天也真忙，收拾东西上火车，从疗养院到北京，又从北京坐火车、汽车，不住气走了半个多月才到克拉玛依。一天天马不停蹄，这桩事早被大风吹到九霄云外去了。

“过去一直扛枪杆子，还从来没有见过克拉玛依这场面，心里可乐啦。领导上问我愿意学什么？我说：‘到了工厂里，我是个新兵，啥子也不懂，学什么都成。’人家见我是个残废腿，说是搞钻井一天爬上爬下，腿脚不灵便不行，就叫我学采油。从此，我就一天不离管钳，同油井打起交道来，一气干到现在。

“万事开头难。干了这些年，现在，我从二级工熬到了五级采油工，谁见了不是满口马师傅长、马师傅短的。不论井上出了大小事故，不敢说十拿九稳，一般总也难不倒我。想起才到井上的那些日子，也真够头疼啦。说是采油工就是管理油井，可是，石油却在地底下，开了出油闸门，原油上来就顺着地下管线走了，连个油的面也见不上。这号油嘴，那号仪表，简直把人搞得头昏脑胀。稍微不小心，动不动就是事故，吓得人缩手缩脚的。过了半年多算是找到了点门道，摸清了油井的脾气，对它也有了感情啦。我这个人，不论干啥事，一干上瘾就放不下手。矿上几次调我当采油队长什么的，我都拒绝了。我心里想，那有啥意思，一天在办公室里填报表，开会布置工作，我可不是那号材料。还是老老实实当个采油工，虽然一年四季都是一身油，白天黑夜、刮风下雨都在井上跑，身子苦一些，心里可痛快多啦。

“你看我，三句话不离本行，一提起采油，我就说到一边去啦。还是接着那个老题目说吧。在疗养院里没有写的那封回信，我总是放在心上。不说别的，就说一个同志写信来问候你，你也该给人家打个招呼，谢谢人家的好意嘛。人有人情，况且还是革命同志，怎么就能这样不通情理。再说，我以前考虑的那些个问题，仔细想想，比如说时间虽然这么久了，但是，谁敢保险说人家就一定不再继续等着我呢？头一回，那段时间不是比这更长一些吗？至于我那时猜疑人家的信上没有把话说明白，俗话说：要想公道，打个颠倒。我怎么偏就没有打个颠倒倒过来替人家想想。人家是个大姑娘，怎么好在头一封信里就把什么话都写得明明白白呢？这样翻来覆去，想了好些天，最后还是拿定主意，来个火力侦察，先写一封回信试一试吧。信上一连写了好几个对不起，告诉她我怎么受了伤，成了残废，转业到石油工业岗位上来。这封信寄走不到一个月，回信就来了，还是用的航空信呢。这封信同前一封可不同啦，写的又长又热情，信里边还带了一张相片。看相片，她的模样变化倒不大，只是把长辫子改成了剪发头。长得秀气多了，喜笑盈盈的。信上她把什么话都写明白啦。我一看信，又发傻了。过去嫌人家没有明确表示态度，这回人家把什么都说尽了；怕人家嫌自己是个残废，人家不嫌，还说这是'光荣的'。这你还有啥说的。那时候，我才是个二级工。心里想着，我才转业到矿上干了三天半，怎么好提这个事呢？就是提出来，组织上照顾你这个转业的残废军人，同意回去同她结婚，就凭我这个二级工的工资，就能养活她？这样做，不是给国家添麻烦吗？那时候，我就看不惯有些年轻的学徒工，连几吋油嘴还认不清，还没有给国家生产一吨半吨原油，就今天请假回去找对象，明天又为老婆来了没住处，一天像是害了黄疸病似的，板着脸，噘着嘴，闹不完的情绪。见了这种人，我真想问问他：在旧社会时，你过的是财主老爷的生活吗？现在，轮到我啦，我可不能这样办。当下就给她回了一封信说：你不嫌我是个残废人，要跟我好，这我同意。但是现在不能结婚，要再过几年再说。头一天把信寄走，第二天心里就起了矛盾。过去，猜这想那，怕人家不爱你。现在，人家一个大姑娘，不顾羞答答地主动把话说穿了。可我呢，却给人家写了这封冷冰冰、硬邦邦的回信。好像你是一个什么了不得的大人物似的，人家求到你跟前了。其实，你自己不也是正盼着人家这样说吗？心里越想越觉着不对劲。没过两天，就赶忙又写了一封信。这封信，意思虽然还是那一些，口气却软和多了，净是好言好语的。

"前年夏天，我们整个采油队都从克拉玛依调到这个新油田来。这里的情况你都清楚，这是一个多好的油田哪！一眼望不到边的油井区，原油像喷泉似的直往上冒。你说，搞石油的人，找到了一个这样的油田，谁的心能不开花呢！过去老听人说，石油工业落后，拖了社会主义建设的后腿。心里总觉着不是味儿，像是欠下了谁的一笔大账似的——我们是给国家搞石油的呀！……

“糟糕！我又说走了嘴，又离了正道啦。实在没办法，一说起石油，我就把什么也忘了。再说她吧。说句老实话，我们俩这几年信倒没有少写。她的思想也很开通，我说晚几年结婚，她没说个不字。平心而论，人家真是一个百里挑一的好姑娘。她爹年纪大了，她妈又一年到头不断害病，上无兄下无弟，全靠她一个人劳动。上个月她来信说，她的父母亲和村上的人都说我们年纪也不小了，该结婚了。我是想着，这几年南方北方都闹天灾，国家正遭困难，何必赶这个热闹呢？再说，我心里也看不惯很多人，动不动就把老婆孩子搬来，弄得矿区里生产还不怎么样，家属倒住了一大片。于是，就回信说：要早点结婚也不难，得依我两个条件：一个是等明年秋后，粮食打下来了，国家的困难日子稍微好过一点儿再办这件事。二一个是，将来结了婚，就还在家里种田，不能跟上我当工人家属，给国家多添麻烦。信刚写到这里，井上忽然来电话，说是给油井清蜡时，把刮蜡片掉到井里了。我匆匆忙忙抓了一部摩托车，就往井上跑。也是无巧不成书，啥巧事都叫我遇上了。矿场的工会主席来看我。他是我在朝鲜抗美援朝时的老战友，两个人都是先后差不几天受的伤。一起住医院、疗养院，又一起转业。我们俩时常在一块摆龙门阵。我的这件事，过去他就知道一些。他见我的床头箱子上放着这张没有写完的信，就扫了一眼。扫就扫一眼，都是老战友，我还能怪你。谁料想，这位仁兄可真够朋友！他回去就给党委王书记说了。当天夜里王书记就同他一起到宿舍找我。我不在宿舍，他们又跑到井上。我还以为有什么要紧的事，谁知道王书记一见我就半真半假地说：‘马师傅！本来我们不应当干涉你的私事，不过，你这样对待一个妇女同志，我们可要插一手，得来小小的干涉一下。’什么事呵，这可把我弄糊涂了。说了一阵子，才知道这位仁兄偷看了我的信，他们不同意我的‘条件’。王书记还开玩笑说：‘你这个人，生产上倒是牢牢稳稳的，没想到你在这号事情上，硬是一个不折不扣的左撇子；国家再困难，还能影响你们结婚！’他们一个接一个地轮流对我说道了大半夜。你说你的理，我有我的老主意。最后，我答应先不发这封信，他们这才走了。我怕他们再来过问这件事，就采取了个拖延政策，想着先拖延一个时期再说。……”

我们谈的正起劲，忽然听到外边汽车喇叭“嘟嘟”响了起来。地质师也在这时推门进来说：“老李！快起床，咱们该走了。”一看我们两个人都直挺挺坐在行军床上，他吃惊地问道：“怎么，你们也是一夜没有睡吗？”

“没有睡，我同马师傅摆了一夜龙门阵。你还有烟没有？”

“烟倒还有几根，不过，该准备走了呵！”

“不要紧，再停几分钟，让马师傅把他这龙门第八阵交代完再走也不迟。”

地质师也没有弄清我说的啥意思，留下烟就忙着找主人告辞去了。我们把烟点着，他又接着往下说。

“这也就说到头啦。昨天下午，我正在井上值班房里填写采油月报表，队部来电话说我的爱人来了，现在正在红庙转运站，叫我赶忙去接。这真是活见鬼！准定是谁把电话听错了。回到队部一问，说是工会主席亲口通知的，决不会错。又是这位仁兄，我心里有点慌了。赶到矿场，一见了他，我算是啥也明白了。原来，前些天他们瞒了我，用工会的名义给她写了一封信，要她赶快动身到这里来结婚，说是我把什么都准备停当了。按他的话说，他这样做完全是为了'关心职工生活'。他说:'你这个人,除了给油井通井洗蜡以外，啥也不懂。你不想想，人家一个大姑娘，从十几岁就爱上了你，你一拖再拖，把人家拖到了二十大几，你想等人家变成一个老太婆再结婚吗？你这块木头呀！这一回再不听我的，我可要到法院去告你个耽误人家青春的罪名。'这让我还能再说什么呢？他是工会主席，更主要的，他是我出生入死的老战友。王书记和好多同志也都赞成。末了他又说：'房子和结婚用的东西，都由我一手包办好了。你的任务就是到红庙把新娘子迎接来，就可以结婚拜花堂了。'这真把我弄得哭笑不得，我狠狠捅了他一拳，笑着对他说：'你这个工会主席，管的也真够宽。好吧，事情已经到了这个地步，就听你的吧。'

“我们正说的那阵子，碰巧你们的车子从矿场过路。他不由分说就把我推上了汽车。你看看我这身穿戴，像是去迎接她的样子吗？打从接到电话，到上汽车，我连吸根烟的工夫都没有。

“大家都在等咱们，咱们也该上车了。算了吧，我这本糊里糊涂的流水账，就说到这里吧。”他一边说着，一边忙着穿起狗皮靴子。我也跟着站了起来，收拾东西。

“咱俩一夜抽了多少烟哪！”看见床跟前净是一片白花花的烟屁股，我朝他说。

“可不是，谈起这些伤脑筋的事儿，就是费烟呢。”他笑了笑说。

我们又上路了。这正是天色将明的时候，荒漠的戈壁滩上，还被深灰色的薄雾笼罩着。阵阵冷风迎面扑来，吹得人凉飕飕的。地质师和几个地质队员不住气地打哈欠。我侧转身看了马师傅一眼，他正低垂着脑袋，大口大口地狠抽着刚才地质师送给我们的烟。

还没有到吃早饭的时候,我们就赶到了红庙。一车人都跳下来，同他握手告别。我说：

“老马，恭喜你呵！等我再到采油矿场时，一定去看望你们。可不要忘了给我留一块喜糖！”

“喜糖少不了你的。不过你可得早来些，迟了我就送她回四川了。我们那里天气暖得早，她得早早回去准备春耕哩。”

他一个人，迈开步子，向器材转运站走去。望着他拐着腿，穿着老羊皮大衣的背影，和在太阳光底下闪闪发亮的铝盔，我不禁自语着说：

“这个人哪，真是固执的没办法。”

“他？怎么样？”地质师好奇地问我说。

“人倒是个不折不扣的好同志。不过，好人也有各种各样的。”

我们上了车，又继续赶路了。

1962 年 4 月

# 脊梁吟

“老李，老李！快起来收拾东西，有车了。”

夜里十点多钟，器材供应站主任老杨同志拍着我的肩膀，急忙忙地喊我。

一听说有车，我一闪身就从床上坐了起来。

有车了，这是大好的事呵！你在杳无人烟的戈壁滩上旅行过没有？想想看吧，住在这孤零零的几幢帐篷里，等候搭乘顺路的车子，一住几天，谁能不心烦呢。眼巴眼望见来了几辆车，满怀希望，想着这下可该走了，谁知到跟前一问，不对路。于是只好再等，再向一马溜平的戈壁滩上瞭望，再同前天、昨天才认识的旅伴们争论着那些出现在地平线和天空接界处的黑点儿，到底是苍鹰、黄羊，还是一块大黑石头，或是一辆汽车？

我是到拉马泉子地质勘探大队部去的。国庆节的前两天，来到器材转运站所附设的这个招待所里，到今天已经是第四天了。早先在矿务局里，我已经知道，由于这里是新建立的石油探区，离铁路线又挺远，器材供应交通运输都十分困难。但根据我的老经验，在戈壁滩上搞石油，既无城市、农村可以依靠，一般的往来交通总是可以保证的。谁想到竟会困难到这种地步！转运站主任老杨看见我急不可耐，一有空就来劝慰："老李，别急别急。再等一两天吧，总会有顺路车。"

怕这样无期限地拖下去，我已打定主意，明天要是再等不到车，就返回矿务局去。谁想到半夜叫我起来，说是有了车子，你说这怎能不使人高兴呢。

我的行李很简单：一件随身穿的老羊皮大衣，一个挂包。慌忙戴上大耳朵皮帽子，穿上长筒狗皮靴子，我就跟随杨主任向帐篷外走去。路上他对我说，这辆车子是附近一个钻井队派来领钻头的。我先搭车到他们队上，一则那里离拉马泉子近一些；另则，顺路的车子也多。他是见我焦急，才想了这个没办法的办法。好歹总算是往前走了一站，我当然是同意的。

这是一辆吉普车，车子已经发动好了，正亮着车灯，轰隆隆地停在办公室帐篷门口。我同老杨握手告别上了车。司机按了喇叭正要开车，转运站的秘书忽然跑过来，说是托我带封信。我接过信来，一把塞到挂包里，车子开走了。



刚才睡得迷迷糊糊，匆匆忙忙上了车，也没顾上看看同车的是哪些人。当车子在戈壁滩上行走了一阵，四野狂风阵阵，车里寒气袭人，我也开始清醒起来。我拿出烟，借着让烟点火的机会看了看同车的旅伴们。除了司机，还有一位怀里抱着个三四岁小男孩的年轻妇女。再有一个年轻人，看样子是这里的职工，紧挨着我。他接了我递过去的一根纸烟。

在长夜的旅行途程中，一根纸烟就是一把开心的钥匙。烟友之间总是特别容易交谈。拉话中我知道他姓赵，是钻井队派来领钻头的。

“风这么凶，怕要变天吧？”我问他。

“早该下雪了。去年九月十五下的头一场雪，一场雪就把路封了。这几年就数今年雪下得迟，也冷得晚。”

“你到这儿几年了？”几句话，我就发现我的谈话对手小赵是个挺爱说话的人。言谈中也像是这个矿区的“老资格”。

“自打开辟这个探区，我们就来了。这里的第一口出油井就是我们队打的。”他说。

“可不是吗，生我们这崽子那一年，他爸爸从部队转业，回家探了亲就到这里来了。前后三年半，我们这崽子还没见过他爸爸的面哩。”那个抱孩子的妇女也插进来说。

随着话音，我转过身去，猛然想起来，她不就是这几天我在招待所吃饭时，常碰面的那个穿着南方农村服装，前来探视爱人的妇女吗。



“你是……？”

“是呵！”她像是也认得我，会意地点点头，又接着说，“我们这崽子，就是他们打井出油的那个月生的。他爸爸去信说，就叫个‘油旺’吧，说是为了纪念打井出了油，长大也叫他当个石油工人。”

“他爸爸在你们队上做什么？”我问小赵。

“我们队上的副司钻。”

“你们来了几天了？”记得我到招待所时，她们已经住在那里。

“连今天，整整十天了。”

“那他也不来接你们？”我半开玩笑地问她。

“还敢叫人家来接哩！转运站杨主任给他通电话，人家只说个‘生产忙，等几天再说’。倒是人家郑队长，听说我们来了，三天两头来电话，问我们娘俩身体怎么样？天气冷，带的衣服够不够？叫我们不要心焦，等车子一空下来就接我们。还嘱咐杨主任，说我们才从南方来，气候过不惯，要他好好照顾我们。……”

“就是嘛，我们郑队长，不论大事小事，心可细啦。今天下午，说是要来转运站领钻头，特别嘱咐我，要把她们接回去。临走，还把他自己穿的这件老羊皮袄叫我带来，说是夜里回来路上冷，怕把孩子冻坏了。你看他，简直是个老妈妈。”

听着他的话，我下意识地向这位抱孩子的妇女看了一眼。只是在这时我才注意到，她身上披的那件满是油迹的没面子老羊皮袄。

“我们崽子他爸，回回写信，总是说他们的队长这好那好，没想到，他真的这么好！”

小赵他俩一句接一句地数说着，就像怕我不相信他们说的这些。

“你们队今年的计划完成得怎么样？”我想转换一个话题。

“国家计划吗？我们早就完成了！现在我们打的是超额的、计划外的油井；已经打完了四口，这最后一口，今天晚上也要完钻。”好像他早就知道我要问他这个问题，他干脆、肯定地回答我。

“怎么，早就完成了今年的国家计划？”

“早吗？就这已经比我们自己定的时间迟完成了两天哩。”不顾我的惊讶，他又补充着说，“要不是前几天因为一个学徒工麻痹大意，弄出了点小事故，我们的告捷喜报，两天以前就送到矿务局去了。”

今天是十月二日，他们今天晚上，就要完成全年的钻井计划？我的确有些不解。

小赵显然是不能理解我的这种心情的。他抽了一口烟，就又接着刚才的话头，兴致勃勃地继续说："提起今年的计划，和我们超额多打这五口油井，这中间还有一段故事哩。去年冬天，我们队长到矿务局讨论今年的钻井计划。听说局长把国家计划指标一公布，要求每个队平均比过去多打一倍的油井，这可把有些人难住了。有的说，目前还有困难：器材不能保证按时供应，地质情况又复杂；有的说，他们队上的职工多半是南方人，来到戈壁滩气候不习惯，害病的多，出勤率不高。总之，大家都把眉毛拧成了一股绳。这时候，我们队长火了。他把老羊皮袄一撩，挺起他那副又宽又大的脊梁，拍着胸膛说：'没问题！我们认下这任务！保证在计划指标以外，再多打五口井。路遥知马力，越是困难，越要我们工人阶级拿出干劲来；光是蹲在帐篷里穷嚷嚷，就能把困难嚷过去吗？'矿务局党委的邵书记听了这话，跑过来抱住他说：'老郑，你说得好——困难越大，干劲越足！凭着你们这老虎队，常胜军，我相信你说的话。'邵书记没有看错人。我们队长也没有吹大话。你来得正好，正赶上我们后半夜向矿务局告捷报喜！"

他以不加任何掩饰的自豪兴奋神情，一口气说了这么一大篇。

"老虎队？常胜军？"接着他的话，我饶有兴趣地默念着这两个怪新鲜的词儿。

"怎么，你没听说过吗？"真没有想到，这又引起了他的话头来。

"前年我们队才调到这里来时，工地上啥也没有，真个是上有蓝蓝的天，下有光秃秃的戈壁滩。不要说房子，连顶帐篷也没有。

锅碗瓢勺要啥没啥。没汽车，施工机具也是缺这少那。这怎么能开钻呢？可你知道我们队长怎么说？他看见我们都坐在行李卷上发愁，就拿了一把铁镐，在戈壁滩上狠命地挖地坑。挖一镐，喊一声‘你为啥不给我们盖好房子？你为啥不给我们修好公路？你为啥不……’喊着挖着。这可把我们逗乐了。我们就问他说：‘队长，你在干啥呀？’他说：‘上级调咱们这些石油工人来打井，可是这戈壁滩什么也不给咱们准备好，叫咱们坐在行李卷上干发愁。’一听这话，我们都明白啦，这分明是借着戈壁滩来批评我们哩。不等他再往下说，我们就一窝蜂地冲了上去。挖地坑、搭睡铺、安锅灶、担水做饭，不用半天工夫，就把什么都安排停当了。第二天，钻机运到了。没有吊车，我们就把六十多吨重的大钻机拆卸开来，连抬带拉，闹腾了三个昼夜，就把它安装了起来。要开钻了，没有水配和泥浆。大家又犯愁了。队长眯缝着眼睛，紧皱着眉头，同指导员、司钻几个人蹲在地下，嘀咕了一阵，猛然一抹满下巴的黄胡子楂，把他那又宽又大的脊梁一挺，跳起来说：‘没问题！有水要开钻，没有水也要开钻！一泡尿还能憋死人！’全队三十多个人，呼呼啦啦排成了一条一公里多长的运水线，从一汪水泉子里，拿脸盆、水桶递水，保证了按时开钻。我们一口气打完了全矿区的第一口出油井。这时候，邵书记和安局长都来给我们队贺喜。他们亲口叫我们是老虎队。就打这以后，老虎队的名号就在全矿区叫开了。”

“那常胜军呢？”我简直被他这些话迷着了，他刚住口，我又问了一句。

这时车子正行走在一段崎岖不平的戈壁滩上，大家都被颠簸得左右摇摆。他没有马上回答我。

“常胜军，”过了一阵，当汽车又平稳前进时，他才慢腾腾地说：“这还用说嘛，我们队自打成立到现在，不论在哪里，都是出名的标杆队，年年提前完成国家计划，这不叫常胜军叫什么？”

对他来说，这显然是一个不成问题的问题。不过，他的回答，却使我朦朦胧胧地联想到一点什么，触动了我往日生活记忆中的某些印象的片段。这到底是什么呢？我一下也说不上来。微闭着眼睛，我想呀想了好一阵，最后像是抓到了一点线索，我问他：“你们队是从哪里调来的？”

“这话说起来可长了。老底子是在玉门成立起来的。一九五六年到柴达木盆地，一九五七年到克拉玛依。一九五八年又调到四川，开发川中油田。南征北战，差不离把全中国的油田闯了个遍。”他回答得有声有色，简直就像讲述他自个儿历史那么熟。

我正要再问他些什么，司机同志回过头来说：“快到了。看，那一串灯就是井架。”

不知道是为了高兴，还是为了给队上的人打招呼，他一说完这话就使劲地按响喇叭，开亮车灯，一阵风也似的向着看得越来越清楚的一幢幢帐篷开过去。



闪亮着灯光的帐篷，一个个都把毡门帘掀开了。不顾狂风呼啸，人们一拥出来，迎着还未停下来的汽车，欢叫着，跳跃着。车子刚刚站稳，谁的一双快手，就从外边把车门打开，接着伸进一个头和一双手来。

“快把油旺递给我！”

不用细问，我就猜想到，这保准是油旺还没有见过面的父亲——这个钻井队的副司钻。

工人们有的争着要抱油旺，有的帮助拿行李、包袱，前呼后拥地走向那间灯光雪亮的活动房子。

小赵领着我走进另一个帐篷，他说这里是临时的队部。为了照顾司钻的爱人和孩子，说她们从南方才到这儿，怕冻着了，队长叫人把队部的那间活动房子让出来给他们住。

我问他，队部的人都到哪里去了？

“路上我不是对你说了吗，今天黑夜，我们要打个漂亮的歼灭战，队长亲自上钻台操作。全队的能兵强将都披挂上阵了，就留下副司钻在家，让他们一家人团圆团圆。”

我看了看这个临时队部，也真是够“临时”了。除了几个木凳和一张木板搭的办公案子以外，别的什么也没有了。他帮助我搭好行军床，又给我拿来一个竹壳暖水瓶，说是井上正干得热火，他不能陪我，就匆匆走了。

我看看表，已经两点多钟了。帐篷外边已经飘落起了鹅毛大雪。大戈壁上特有的寒风，卷着雪花，既冷且狂，不住气地扑打着这顶双层帐篷，像是要把它连根拔掉似的。帐篷里没有生炉子，冷得像冰窖一般。我躺在行军床上，盖上老羊皮大衣，听着从半公里外的井场上，隐隐传来的钻机轰鸣声。起初，我还觉得有点儿冷，在床上左右翻身，断断续续地回想着刚才与小赵在车上的谈话，想着想着竟睡着了。

我也说不清楚到底是被冻醒了，还是被帐篷外边的暴风雪和吵闹声惊醒了。一醒就觉着浑身冰凉，隐隐约约听见有人在外边说话吵嚷。

“这么大的一件喜事，还不应该马上向矿务局去报喜！”听起来这不是一两个人的声音。

“报喜？比咱们自己定的计划，推迟了两天才完成任务，还有脸去报喜！”

“可我们也比别的队提前了一个多月呀！”又是那一伙人的声音。

“打个电话向矿务局报告，说是我们这最后一口井完钻了——这我同意；报喜，我可不好意思。”

又是一片七嘴八舌的闹嚷声。

“好，我的天神爷爷们！咱们苦战这一年，可不光是为了报这个喜哪！这么大的风雪，还不都快睡觉去！”

一阵嘟嘟囔囔的声音过后，人们像是散去了。这时候，狂风好像刮得更凶了，整个帐篷都在不停地颤抖着。

刚才在外边说话的这个同志，听口音可怪熟悉呀，……我正想着，猛然听到隔壁帐篷里又是这个怪熟悉的声音在同谁说着话。

“年轻人，错了就改正嘛，哭什么呀！你想想，咱们队自从成立以来，哪一年不是提前完成计划的。今年就只因为你一个人麻痹大意，弄出了这场卡钻事故，使咱们老虎队丢脸败兴——推迟了两天才完成计划。”

没有回答，只听到抽抽噎噎的哭泣声。

“两天，这可不是小事哪！几个两天加起来，咱们就能给国家多打一口井。你懂得打一口井是什么意思吗？一口井能给国家生产二十年、三十年石油。一口井两三千米深，这就是打在岩层深处的一根钉子，它就是社会主义的墙根脚。钉子越深越多，咱们的社会主义就越是牢固。任它有多大的风啦雨啦，也刮不倒，冲不垮！……

好啦，去休息吧。只要你往后好好干，没问题，这建设社会主义的光荣，还是有你的一份哩。”

一阵沉默过后，我听见掀动毡门帘的响声。

“不要再掉金豆啦。走，我送你回班上睡觉去。”

这口音和说话的腔调，我越听下去，就越是觉得熟悉。是谁呢？可一下又想不起来。

“队长，我去送他吧。”这是小赵的声音，“刚才在井上说的，那个来咱们这里等车的同志就睡在隔壁帐篷里。”

“他是哪里来的？”

“听杨主任讲，是从矿务局来的。姓李，叫个什么……你看，这是介绍信。”

“谁？是他呀！你为啥不早点告诉我？快，我过去看看他。……”

我还没有来得及把另一只脚插进长筒皮靴里，他已经跑进来了。

一直到这个时候，我才最终地弄明白了：“郑队长”，原来就是他呀，就是老郑——郑兴国！

“老李，是你呀！哪一阵风把你刮来了……”

“老郑，真没有想到……”

我光着一只脚，站在地上，紧紧地握着他的手。而他那双粗大有力的手，竟把我拦腰抱了起来。他那副我所熟悉的宽大的脊梁，像座小山似的，重重地压到我的身上。

“十年啦，整整十年没见面了。这真是天不转路转，做梦也想不到竟会在这里见到你。老早就听说你当了队长，年年立标杆，可就是一直没见到你的面。”

“我还不也是一个样嘛。打从你离开了玉门，一直就没有听到过一个确实的消息。”

“今年你是四十岁了吧？可你的样子，还没有变，还是像头大犍牛似的。”看着那虎虎有生气的脸，和他那总是刮不干净的满下巴的黄胡须，我笑着对他说。

“我老了，你倒是越活越年轻啦。”

“啥老了，咱们离老都还远得很哩。真是无巧不成书，来的路上，听你们小赵讲郑队长这、郑队长那的，讲了一路，我也没有问名字，谁知竟是你这个郑队长呀！”

“我在井上，听小赵说来了一个过路的客人，当时正紧张，也没有在意，直到看了介绍信，才知道是你这个稀客呀！还到哪里去呢？就在我们队上住些时日吧。老伙计，好不容易见一回，怎么能说走就走呢？”

听着我们谈得这么亲热，小赵同另一个眼圈红红的年轻人，也走进来看热闹。

“你们是……？”小赵瞪大着眼睛，不解地问。



“我们是老熟人。十年前，我在玉门当钻井工人时，我们就是老伙计了。刚才在路上，你对老李说了我什么坏话？我说在井上打钻时，耳朵眼一直发烧发痒哩。”

老郑把他们撵去睡觉了。他又搬来一张行军床。为了谈话方便，他把两张床并排摆在一起。看见我就只是一件老羊皮大衣，枕了个挂包，他又拿来一床粗毛毯和一个枕头。把挂包撂向办公案子上时，我猛然记起来，转运站秘书托我带的那封信。

“老郑，这是你们队上谁的一封信。”我把信从挂包里取出来，顺手递给了他。

“谁的信？我看看。噢，是我的！”

“怎么，是你的？”

“可不就是我的，你看——郑兴国收。”

“天哪！今黑夜啥巧事都叫我碰上了。开车时，转运站的秘书慌里慌张把这封信递给我，黑漆漆的，我看也没有看一眼，就马马虎虎往挂包一塞。要是我稍微瞥一眼，这不啥都明白了吗！”

“这是谁写的？”他撕开信封，就去看写信人的名字，“怪事！这是我们耀华写的？”

耀华，这我记得，是他的大儿子。我在玉门的时候他正在职工学校念书。

“耀华？他们还在玉门吧？现在在干什么呢？”

“是在玉门呵。他早当了钻井工人，现在是副司钻。可是，你看，他说他们队也调来了，已经来了一个多月了。”

“那他怎么也不来看看你？”

“这真是马尾穿豆腐——不能提啦！”他皱着眉头，边看边回答我说，“你去看吧，我这个火炮筒子脾气，算是出了名啦，连儿子也不敢来看望我了。”

说着，他把信递给我，连声不住地笑起来。

也是真的，信上开头就说，他们钻井队已经从玉门调来一个多月了。本来，一到这里，就想来看他。因为怕他批评，说国家调他来是叫打井的，不是花上路费叫他来探亲的，所以没敢来。现在，他们已经打完两口井，才敢写这封信给他。

“看见了吧？好像我这个人，一天就知道打井，连亲儿子也不认了。”他笑得简直喘不过气来。

“不过，你这个人，家庭观念也太薄弱了。还记得吧，咱们在玉门时，为了掌握新运来的贝乌钻机的性能，你不是弄得郑大嫂在矿务局、党委、工会到处告状，说你不要家了吗？害得我三天两头跑去给你们调解家庭纠纷。”

“你这个人哪，单爱揭人家的老底。这都是十年前的死狗烂猫老陈账了，你还死记在心里边。”

“旧账没还清,你又欠下新账了。看！”我把信纸凑到电灯底下，对他念道：

“我们从矿上出发时，妈妈特别嘱咐我，叫我见你时，好好说说，希望你多给家里写几封信，免得他们挂念。……”

“算了，算了，不要念啦。我按月寄钱回去，这还不行，谁有那么多的闲工夫，天天去写家信；每个月的钻井进尺月报，我还填写不完哩。”

“你这个人的毛病就在这里。看，看，这可是你的不是了，你儿子这信上说，你从一九五六年离开玉门以后，一直到现在，一趟家也没有回去过。信也只写了有数的几封——换一个新地方，只写一封信。从川中油田调到这里时，很多人都顺路回玉门探家，就只有你这个三过家门口都不进去看看的大禹，没有回去。这，你自个说说，这能说得过去吗？”

“不谈这些了，”他一把把信夺过去，“天都快亮了，咱们躺下来，谈点别的什么吧。”

我们躺在行军床上，抽着烟，在暴风雪的狂啸声中，漫无边际，天南地北地闲扯着。从祖国建设到国际形势，从个人私事谈到石油工业的发展。谈到当前生产情况的时候，他用深沉的发自肺腑的低音对我说：

“难呀，老李！”

“你们年年提前完成国家计划，今天晚上又提前差不多两个月，打完了今年的最后一口井，还说啥难呀？”

“不能光是看这些呀！你知道这两年的情况，不说别人，我来这里三年多了，冬里夏里，风里雪里，就靠这件老羊皮袄（我的被子、褥子，一到这里，就分给那些新调来的学徒工了）。可是，你说，咱们在这时候能拉稀吗？敌人正在一边看笑话，咱们能低头吗？不能！硬是要挺起胸膛，把脊梁伸直。再大的困难，也要顶住！”

在昏暗的夜色里，我睁大着眼睛，倾听着他的话。他越说越兴奋，嗓音也大了起来。他还是那个容易激动的性子，说着说着竟披上衣服坐了起来。

“这些年，党算是把咱们石油工人这一支队伍培养、锻炼出来了。这真是算得上是一支打不烂、拖不垮的硬队伍。几年来，天南海北，打了多少硬仗呵！现在总算打出来了这么个大好的局面。我常跟队上的工人们说，不要光看眼前的困难，要往远处看。你在平地上，就能看到你跟前的几个人；站到钻台上，就能看到整个井场上的人和所有机器了；要是爬上二层平台，你就可以看到附近许许多多的钻机井架；再往上，爬到天车上边，那你就能看到大半个矿区，看到咱们这威武的阵势，看到咱们这矿区的一片兴旺的气象了。这时候，你就有了信心和希望。所以说，人哪，一定要站得高，看得远。这样，你就有了奔头，干劲也就足了。”

说到这里，他停了一阵，轻声向我说：

“老李，你乏了吧？咱们睡一会儿吧。”

我待要回答他，听见他接连打了两个哈欠。想到他在钻台上紧张地劳动了一晚上，实在也应该休息了，我也就再没有应声。他轻轻地把粗毛毯往身上一蒙，倒在床上，很快就呼呼入梦了。

这时候，天色已经接近黎明，借着从窗口透进来的雪光，我看见他脸带一抹笑意，胸部均匀地起伏着。外边风雪刮得正凶，而他睡得多么香啊！

生怕惊醒他，我静静地平躺在那里。回想着这一夜不寻常的遭遇，特别是刚才同老郑的谈话，我怎么也合不上眼睛。

这一夜啊，它使我懂得了多少东西啊！老郑，这个曾经是一个笨手笨脚、浑身带着浓厚农民味儿的普通石油工人，十年间，竟发生了这么大的变化！你看他，懂得了多少生活的真理，他身上蕴藏着多么巨大的精力和勇气啊！你听他说得多好啊——面对着困难，就要把胸膛挺起，把脊梁伸直。不是这样吗？在祖国苦难的年代，在炮火纷飞的年代，那时候天似乎要塌下来了，不正是千千万万个像郑兴国这样的脊梁们，艰苦卓绝，挺拔无畏地顶住了灾难，挽转了狂澜吗？脊梁啊，你是民族的精英，祖国的骨干，人民的主体！大地依靠你，支撑山河；祖国依靠你，飞速前进。你贡献的最大最多，享受的最小最少。社会财富靠你创造，那浩繁的辉煌的历史篇章，哪一行，哪一页，又不是用你那粗大有力的手写出来的呢？依靠你，过去我们能够胜利，今天也要胜利，明天的胜利，也一定是我们的！



1963 年 1 月